「わっ……あっ、おはようございます、
アゼルさ――――じゃなかった……アゼル」
「おはよう、ユイ……」
ちゅっと額に音を立ててされたキスは、
痺れて悶えてしまうほどに甘かった。

異世界シンデレラ

騎士様と新婚スローライフはじめます

柚原テイル

Illustrator アオイ冬子

Jewel
ジュエルブックス

contents

【プロローグ】正直で欲張りな旦那様に求められて　7
【第一章】目覚めたのは天蓋ベッドの中「起きるまで見守りですか！」　13
【第二章】お城での極上生活「不器用にお世話されてます？」　73
【第三章】シャンデリアとお茶会と畑「夢が叶いました！」　103
【第四章】黒馬に乗った隊長のプロポーズ「いきなり求婚されました」　136
【第五章】結婚式は自然に包まれて～初めて同士の初夜は強く甘く抱かれて～　172
【第六章】強面騎士を人気者領主にする方法～宴で激しく介抱されて～　203
【第七章】幸せスローライフとワケアリ招集～厩で野獣は反則ですっ～　252
【第八章】王の訪問、重鎮の陰謀「愛妻家の本気は嬉し恥ずかしいのです」　274
【エピローグ】愛され若奥様の贅沢な休日　314
あとがき　318

※本作品の内容はすべてフィクションです。
実在の人物・団体・事件などには一切関係ありません。

【プロローグ】正直で欲張りな旦那様に求められて

ウォーハルスト領の日没は、とてもあたたかくて美しい。

空の青さが、いつの間にか薄い水色になり、山の麓《ふもと》が橙色《だいだいいろ》に染まる。

藍色のベールが天空から降ってきたみたいに、見上げるすべてをふんわりと包んでいく。

山の麓との境目は、藍色から橙色への見事なグラデーション。

太陽が沈みきってしまう前に、夫は視察を終えて、一目散に帰宅する。

家で待つ妻に、一刻も早く会うために――――。

結婚して間もない夫婦なのだ。

ユイはアゼルを、煌々《こうこう》と明かりを点《とも》したエントランスで出迎える。

数カ月前なら、考えられなかったこと……。

けれどそれは、運命だったようにすんなりとユイの心と身体《からだ》に収まっている事実で。

「おかえりなさい、あなた」

「ただいま、ユイ」

ニッコリと出迎えて、次の言葉を探す。まだ、こういうのは慣れない。

だって、相手は異世界の逞《たくま》しい騎士様なのだから。

食事の準備も、お風呂の準備も、ユイの心の準備もできている。

ユイは一呼吸して、アゼルに尋ねた。

「ええと、ご飯にしますか？　お風呂にしますか？　そっ、それとも、私ですかっ！」

アゼルは正直な性分で、たまに言葉が足りなくて誤解を受けることもある不器用さんだ。

眼光鋭い強面《こわもて》顔が一瞬固まり、それからよく通る声音を響かせる。

短く……でも、熱っぽく。

「お前と風呂だ」

「……っ、はい！」

――ああ、しまった……どれにしますか、って言い忘れた！

ユイは内心パニックになりながら、アゼルの外套《マント》を受け取り、執事に渡して浴室へと向かう。

アゼルはたぶん、どれにしますかと聞いたら、ちゃんと一つを選んだはずだ。

考えを巡らせて〝妻と風呂に入る〟と甘い意地悪で言ったわけではなく――。

純粋に、素で〝妻〟と〝風呂〟の両方を選んだのだ。どちらも優先だと。

――気の利いた妻になろうとしているのに、私ったら……！

気づけばアゼルは浴室につながる部屋で全裸になっていて、ユイのドレスもゆるめにかかっていた。

「自分で脱げます……！」

ユイはアゼルを待たせてはいけないとおろおろと裸になった。

半地下の浴室への扉を開ける。元の世界では、疲れをとるために毎日お湯につかっていたと話したら、作られてしまった広い石組みのお風呂だ。

アゼルはさっさと身体を洗い、ハーブ入りの石鹸《せっけん》を手にユイを待っている。

「来い、洗ってやる」

「自分でちゃんと洗いますから、先につかっていてください」

アゼルの屈強な身体は、あちらこちらが逞しく、目のやり場に困ってしまう。

「駄目だ。身体を清潔に保ち、温めないと弱るだろう」

正論である。騎士様だから間違ったことは言わない。

「きゃっ！」

ひょいと持ち上げられて、たちまちユイの身体は泡で包まれた。

アゼル的には奥さんの世話をしているつもりなのかもしれないけれど、恥ずかしさの抜けないユイには、暴れるペットの小動物を押さえつけて、飼い主がガシガシ洗っているの図で……。

「くすぐったいです……アゼルっ、んっ……」

場所によって遠慮したりしない洗い方に、身をよじってしまう。

「——色っぽい声を出すな。欲情する」

「え、えぇ……」

アゼルがユイを洗い終え、お湯をざぶんとかけた。

泡の衣装が消え失《う》せ、ユイは肌を染める――――。

「来い……俺の上へ」

浴槽に入ったアゼルの顔は、心なしか高揚しているように見えた。

ユイだって、お風呂の蒸気で朦朧《もうろう》とし始めているから、似たようなものかもしれないけれど。

「は、い」

おずおずと湯に入ると、アゼルの手が軽々とユイを抱き上げてくる。

彼はユイより二回りかもっと……体格がいい。歳もそれぐらい上で……頼もしい。

背後から脇の下に通された手がユイの胸をぎゅっと掴《つか》み、洗っていたのとは違う、艶のある触り方になった。

「んっ……んぅ……」

アゼルの手にすっぽり収まってしまうユイの胸は、彼の手で形を変えて、先の赤い蕾《つぼみ》が尖《とが》ってしまう。

大きな彼の手にかかると、ユイの胸は小さく見えて、そのパーツの違いが気恥ずかしくなる。

――すごく、いけないことしてる……感じで……。

「痛くはしない。俺の手に収まる可愛《かわい》い胸だ」

やわやわと乳房を揉《も》まれると、ユイの身体に甘い痺《しび》れが走る。

「あっ、んんぅ……！」

その刺激に身を仰《の》け反らせると、アゼルの唇に、まだ冷やりとしたユイの耳朶《みみたぶ》が当たった。

「まだ耳の先が、温まっていないな」

「ひゃっ……あっ……！」

ちゅっ———と、当然のように吸いつかれて、熱を持った彼の口内がたちまちユイを耳先から頭の芯まで蕩《とろ》けさせていく。熱い息がユイの耳へとかかる。

「これでいい、他に寒いところはないか？」

アゼルの微《かす》かに荒くなった息。

ちゃぷちゃぷとお湯が音を立てているのが、よりクリアに響いてきた気がした。

「な、いです……」

嘘《うそ》は言っていない。もう、全部が……体液すらも沸騰しそうだったから。

恥ずかしくて、なのに嬉《うれ》しくて、気持ちよくて、熱くて———。

「俺も全部が熱い」

「ええっ……あぁっ……！」

浮力がついたユイの小さな身体に、お湯の中でツンツンとアゼルの熱杭が探るように触れる。

硬く———むくむくと雄々しくなった欲望を感じた。

———アゼル……。

その正体がわかってしまうと、ユイは気まずくなってしまい浴槽に目を泳がせる。

視界には、アゼルの大きな足と、侍女が湯に浮かしただろう色とりどりの花が映って。

「あっ……！」

気を取られた瞬間に、アゼルが挿入を始めた。秘部に灼熱《しゃくねつ》がささっていく――――。

「んっ、ふぅ……あっ、んんっ……」

ユイの秘所は、この数カ月で、何も知らない蕾から、すっかりアゼルを受け入れられる形にまでなっている。

ぎゅうぎゅうと苦しい挿入も、痛みはなく、切ない。

切ない吐息が甘い嬌声《きょうせい》に変わり、アゼルの野獣のような本能に火をつける。

水面が揺れる水音、耳のそばで流しそびれた泡がはじける音。

気になっていたそれらの音も、羞恥も、何もかも忘れてしまう。

アゼルがユイを貫く度に、余計なことは飛んでいってしまうのだから。

――私の大好きな旦那様……。

異世界からきたユイを妻にして、大事に愛《め》でる夫。

――こんなに愛されるなんて……。

満ち足りてもまだ溢《あふ》れそうな幸せがあるなんて、思いもしなかった。

あの日のユイは、ただ日々を過ごすことに一生懸命で――――。

スローライフの夢をぼんやりと語りながら、彼の前に現れただけなのだから。

【第一章】目覚めたのは天蓋ベッドの中「起きるまで見守りですか！」

白で統一された物が少ないマンションの一室は、まるでモデルルームのようだった。

それでも、埃《ほこり》はまだ目に見えていないだけで、確実に溜《た》まっている。

シャーッと音を立ててカーテンを開け、窓へ手をかけた。

窓にも少し曇りがある。オプションで延長一時間お任せコースだから、他が汚れていなければ窓ふきにしようと、頭の隅に置く。

鍵を外し、窓ガラスを加減して少し開けると、ぶわっと突風が頬をかすめていく。

高所である。

南向きの2ＬＤＫ、階層は三十五階。

タワーマンションの一室は、依頼人のお城だ。

「よーし、やります」

乃村結衣《のむらゆい》、十八歳。

仕事はベアールという会社でのハウスクリーニング。

会社から支給の小物入れを机の上に置く。その中へスマートフォンをよく画面が見えるように設置し、メッセージグループからベアールを選んで〝一時半、開始します〟と送信すると、すぐに既読がついた。

徹底管理する物は、この小物入れに置くことが会社のルールとして決まっている。なくし物、忘れ物をなくすためだ。

本来であれば、預かりの鍵もここへ置くが、今回は鍵預かりはなく、女性の依頼人――高山《たかやま》様が開けてくれて挨拶をし、外出を見送ってのスタートだった。

帰りはオートロックなので、鍵を預かる緊張感は減るけれど、忘れ物は絶対にできない。

依頼人が気持ちよく過ごすお手伝いをするハウスクリーニングという仕事は、結衣にとても合っていた。

人間にとって大切な、衣食住の住を整える大切なお仕事。

小柄で背が低いのが結衣の難点であったが、電球換えなどの要望については、お客様が脚立を用意するルールがあるので特に不自由はない。

体力だけは自信がある。

紺色のワンピースは会社支給で、制服があることも助かっている。

依頼人が嫌がらなければ、制服のまま訪問して、掃除の間は清潔感のあるエプロンをつける。

クラシカルメイドを模した本格制服は、評判が良いらしい。

結衣は掃除用品の鞄《かばん》を開けて、折り畳まれていたレースのエプロンを広げて身に着けた。

キュッとウエストのリボンを後ろ手で締めると、気持ちが仕事モードに切り替わる。

結衣は一本の長い三つ編みに縛った黒い髪が緩んでいないのを確認して、やや茶色がかった瞳を輝かせた。荷物の中からお手製の革ベルトをウエストに巻く。そして、暗記している掃除道具や薬剤をそのポケットへひょいひょいと入れたり、かけたりする。

この間、エプロンを着けてからきっちり十秒――――。

掃除の手順はマニュアルがあるけれど、リクエストの範囲で家事代行もする結衣の勤める会社ベアールは、詳細については社員任せである。

時間内を厳守できない者には厳しいが、段取りがいいことについての叱責はない。

少しばかりビジュアルがクラシカルメイドから逸脱していることについては、依頼人不在の掃除の時だけにしているから、たぶん大丈夫だ。

――――今日の依頼人である高山様は二度目。前回、私の仕事を気に入ってくださっての指名……張り切らないと。

指名は自分の仕事が認められたようで嬉しい。遠慮せずにして欲しい。

全体掃除、水回り掃除、ベッドメイク、観葉植物の手入れで二時間、オプションのお任せ一時間はお風呂場や台所に問題がなければ窓の予定。

報告用紙の挟まったバインダーを小物入れの横へ置き、全体掃除にチェックを入れて部屋を見回す。

「…………」

結衣は目を細めて物の配置を記憶した。テレビの角度もしっかりと目に焼きつける。

掃除後に家具や小物が少し移動しているのは会社のルールでは許容範囲であったが、なるべく完全に元の状態でくつろいでもらいたい。

さあ――――。

まずは掃除用のクロスを手にした。あとは目の前のことだけに集中して、専念する。

手を動かしていると時間はあっという間だ。


結衣が予定していた掃除の工程をほぼ終えて窓を閉め、その曇りのなさに満足して、布団乾燥機を仕掛けたベッドルームへと戻った。

ちょうど九十分のタイマーがピピッと終わりを告げている。全体掃除を終えた時に仕掛けたもので、高山様の備考欄に書いてあったリクエストだ。

布団乾燥機が少し冷めたのを確認してコードを巻き取り、本体を折り畳んで、元あったクローゼットにしまう。

最後のベッドメイク……シーツを整えながら、布団に差し入れた手の温《ぬく》もりに、一瞬だけぽうっとなってしまう。

――――あたたかい。

大切な衣食住の中で、住の主役はやはり屋根であり柱だけれど、ベッドも重要に違いない。

そんなことをぽやんと考えながらも、結衣の手はしっかりと働いていた。

シーツの皺《しわ》を伸ばし、布団をふんわりと綺麗《きれい》にベッドへかけ、位置を調整していく。

――私もいつか……素敵な住まいを作りたいな。

夢はスローライフ。

いつか家賃の安い田舎《いなか》に引っ越し、家庭菜園もして、自給自足すれば、バイト以外の時間が持てるかもしれない。

そのために今は仕事を掛け持ちし、追われる日々だった。

いつか、時間にもお金にも追われなくなる生活がしたい。

――いくらぐらいかかるんだろう、スローライフ。

その響きが気に入り、呪文のように心の中で唱えては、目標という名の支えになっている。

生活を切り詰めて、バイトを掛け持ちして、貯金は徐々にだけれど増えている。

けれど、田舎暮らしをするには最初にどれぐらいのお金が必要か、という具体的なことを結衣は知らなかった。

今住んでいるアパートは古くて、未《いま》だにネット環境がない。

会社で必要だからとしぶしぶ借りたスマホは、勧められた定額プランを断って、今時使った分だけかかる従量制の契約。

だから、極力使わないようにしているし、余分なアプリは一切入れていない。

連絡を取る人もほとんどいないので、本当にスマホは会社との連絡手段でしかなかった。

幼い頃に、両親は結衣を祖母に預けていなくなってしまったし、その祖母も二年前に亡くなり、親しい人はいない。

ハウスクリーニングという仕事柄、会社の同僚は女の人ばかりで、付き合っている人も、好きな人もいない。

田舎でスローライフって……やっぱり夫婦で移り住まないと歓迎されないのかな。

テレビでたまにやる田舎でのセカンドライフの番組を思い出し、夢の実現は遠いかもと思ってしまったり。

――今できることは仕事を精一杯して、お金を貯《た》めるだけ。

夢への近道は、まず身体を動かし労働することだ。そして、明日のこと、明後日のこと、一週間後、一カ月後の暮らしをきちんと考える。

「アパートの件もあるし……今日はこの後、不動産屋見て回らないと」

割の良い深夜のバイト明けでの連続の仕事だったけれど、結衣はこの後も予定があった。

家賃が安くて入居した築数十年のアパートは、老朽化で取り壊すことになって、数日中に立ち退《の》かなければならない。

同条件の部屋を探しているけれど、まったく見つからなかった。

――諦めてもう少し高いところで……やっぱりだめ。家賃が一番節約できるし。

「よし、完璧」

考えとは別に、手は休まず動いていたので、ベッドは糸くず一つ、皺一つなく仕上がっていた。

――あとは最後のチェックをして、忘れ物がないように……。

「えっ、あっ……」

床に膝をついていた状態から立ち上がろうとしたところで、不意に視界が揺れた。

――立ちくらみ？　最近バイト入れすぎたのかも。

しばらくじっとしていれば治ると思い、動きを止める。

すると、今度は急激な眠気が襲ってきてしまった。睡眠不足だったかもと、仮眠ではなく最後に長く眠ったことを思案しかけたのも中断され朦朧としてきた。

――いけない。このままだと……。

乾燥機でぽかぽかになった布団は、触れていなくても気持ちの良さそうな温かさが伝わってくる。

「…………」

結衣は懸命に四肢に力を入れて逆らおうとしたけれど、身体はすでに限界だったらしく、首がことんと落ち、視界が閉じてしまった。

――。

――――。

「んっ……」

…………。

あたたかくて、ふわふわする。

ああ、これが夢心地《ゆめごこち》というのかな……。

結衣はうっすらと目を開けた。今朝は目覚ましアラームが鳴るより早く目が覚めたし、いつもの煎餅布団もベッドのように身体を支えてくれている。

朝の光にしては黄色がかった輝きがちかちかした。

結衣が住んでいるアパートのカーテンは、幅も下も長さが足りずに、早朝から白い光を容赦なく浴びせてくれるのだけれど、今日は朝の光すら違うみたいだ。

――あれ……今日は？

スケジュールを頭の中で反芻《はんすう》する。ハウスクリーニングが三件。大型犬のペットを飼っているお宅があるので、入る時に、ちゃんとケージにいるか注意……ではなく！

これは翌日のスケジュールだ！

「……っ！」

昨日の掃除はいつ終えた――？　まだ、途中では……。

そういえば、近くに人の気配を感じる。

結衣は一気に現実に引き戻され、さっと青くなった。

「ひっ……あっ……」

まさか、まさか仕事中に眠ってしまったの？

「たっ、高山様っ‼　申し訳ありません」

お客様のベッドでなんて失態！

とにかく降りて、床で正座！　あとは土下座でもなんでもっ。

結衣はガバッと飛び起きると、シーツを勢いよく撥《は》ね除《の》けて、一分一秒でも早く床に膝をつけるべく敏捷《びんしょう》に動いた。

……はずだったのに。

身を起こしかけたところで、シーツごと何か大きなつっかえ棒のようなもので腰から下が縫いとめられてしまう。

「わっ……あ、れ――――」

ぐらついた結衣の身体は、ドンと大きな壁にぶつかった。

壁からは、布の匂いがする。すべすべとした質感も上質な絹のようだ。

結衣の動きを簡単に止めた存在を確認する。

シーツを縫いとめているのは、腕……。

ぶつかったのは、大きな体軀《たいく》の胴体だった。

「………」

ゆっくりと結衣は見上げた。

筋張った頑丈そうな首筋をたどると、形の良い顎、引き締まった唇。

そして――――鋭すぎる眼光！

「ひぃいいっ⁉」

――――怖い！

結衣はシーツを後方に抜けて、飛び退いた。

――あっ……失礼だった……！

瞬時に悲鳴を上げてしまったことを反省し、口を押さえたけれど、もう遅い。

あってはならない失態だ。

仕事がら、どんな人が依頼者であっても平静を保てる自信はあった。

けれど、三白眼のような目つきで迫力がありすぎる男の人だ。

おまけに、こんな鍛えた巨軀の人は見たことない。大きくて、ものすごく強そうだ。

「も、申し訳ありません……取り乱してしまいました――っ、たっ！」

今度は結衣の後頭部に背後から何かがゴンとぶつかった。

立ち上がったら、ベッドの柱に頭をぶつけてしまったみたいだ。

ベッドなのに屋根がある。正確には、頭をぶつけたのは屋根ではなく、それになだらかにつながる柱の飾り部分だったけれど……。

「怯《おび》えないでくれ、怪我《けが》をする」

なぜかすまなそうに言われて、結衣は自分が焦り過ぎていたことに気づいた。

見た目は怖いけれど……ちらりと男を見る。

「……！」

――やっぱり怖いけれど！

……………怯えないでくれ……なんて。

はっきりとした口調なのに、懇願するような響きがまざっている。

結衣が怖がったことに対して、怒るどころか、怪我をしないように気遣いまでしてくれるなんて……。

悪い人では、ないのかも……。

「……はい」

狼狽《うろた》えていた気持ちが抜けて、結衣はベッドにへたり込んだ。

ほっとしたせいか、途端に力がなくなってしまう。

「無理に起きなくていい、よく眠っていたのにまだ顔色が悪いな……ここでもう少し横になっていろ」

従わざるを得ない落ち着いた力強い年長者の口調。

ここで――と示されたのは、さっき結衣が抜け殻にした上質のシーツがつけられた薄めの軟らかい布団。

「――」

有無を言わせない圧力に押されながら……結衣はのろのろと横たわった姿勢に戻った。

シーツには、まださっきまでの温もりが残っていて、不思議な感じだ。

――労《いたわ》ってくれている……？

誰だろう……この人は。

結衣が一人で飛び起きたり、怖がって驚いたりしても、全然動じずに見守ってくれている。

急《せ》かされたりもしない。

横になっていると、結衣の鼓動も収まってきて、色々と考えなければとパニックになっていた頭も、少しずつであったけれど整理ができてくる。

今、何が起こっているのか……？

結衣は口を開いた。

「た、高山様……では、ありませんよね……？」

部屋を任してくれた高山様は、クールビューティーな白いスーツが似合う女の人だった。

「俺はアゼル・ウォーハルスト、怪しい者ではない」

見た目も、落ち着いた口調も、結衣よりもかなり歳が上の男の人みたいだ。

こんなに近くにいて、ベッドにいるのに、危機感は覚えない。

むしろ安心感すら……あり……。

――アゼル・ウォーハルストさん……。

知らない名前だ。

「……ああ、これでは重いな。頭までかぶれない」

重石《おもし》のようだった彼の腕が離れて、シーツがさらりと音を立てる。

ベッドサイドの大きな椅子に、彼が腰を下ろしたのがわかる。座り心地が良さそうな椅子が微かな音を立て、ずっとそこに座っていたようにしっくりくる。

高山様の恋人だろうか？　それとも、若いお父様？

結衣はそろそろとアゼルと名乗った彼を見た。

藍色を帯びた髪に、琥珀《こはく》の瞳……言葉は完全に通じているけれど、外国の人だろうか。

つい目が行ってしまう体躯は、筋肉質で肩幅ががっちりと広い。

身に着けているものは、上質なシャツにベスト。濃青の上着には金の見事な刺繍《ししゅう》がある。

外国風の身なりで、名前がアゼル――。

女性を大切にエスコートしてくれるタイプの国の人だろうか……？

というか、一体いつまで横になっていれば「起きてよし」と言ってくれるのだろうか。

鋭い眼光をしているが、怒ってはいない……ように見える。

仕事中に眠るという大失態をしてしまったのに、謎の男の人から、もっと横になれと言われる状況って――。

結衣は従いつつも、違和感がぬぐえない。

高山様のベッドルームのシーツは確かに白かったのに、今……結衣の鼻先にある色はラベンダー色であるとか……。

「あの……アゼル様。周りをじっくり見てもいいでしょうか？」

人の部屋をじろじろと観察するわけにもいかないので、確認をとる。

「好きにしろ。見られて困るものはない」

許可が出たので、結衣はまず天井に目をやった――が、見えなかった。

正確には幾重にもなった白い更紗《さらさ》が天蓋となり覆っていて、その布が窓から差し込む橙色の光を受けて優しく光っていたのだ。

うっすらと目を開けた時に目に飛び込んできたのは、この光だったのだとやっとわかる。

結衣の眠っているベッドはキングサイズで、ベッドメイクしたそれよりも、はるかに大きくなっていた。

しかも、四方には彫りに緑色をつけた意匠の支柱があり、天蓋へとつながっていた。

男の人仕様の色合いをした……お姫様ベッドである。

ハウスクリーニングの仕事では、まだ目にしたことがない。

調度品も赤茶色をしたアンティーク調のものが大半で、高山様の白い部屋とは似ても似つかなくて――――お屋敷であるとか、お城であるとか、そんな印象を受ける。

「あの……アゼル様。つかぬことをお聞きしますが、あなたが私を運んでくれたのですか？」

倒れたところを介抱されたのなら……運ばれたのはわかる。高山様にも生活があるのだし、クリーニングスタッフがずっといても困るだろう。

もしも、誘拐ならば……身の代金の請求先は一つもない……。

非道な人には見えないけれど――――。

「……いや、私室へ戻ったらお前が今の状態で眠っていた。それだけだ」

「えっ？　し、私室って……ここ、アゼル様のお部屋ですか！　私が侵入者！」

横になってはいられず、結衣は飛び起きた。

「わ、私は……怪しい者ではありません。お掃除の仕事をしていて気づいたらこうなっていまして……」

何が何やらわからないけれど、爆睡していたのは事実なのでベッドの上で頭を下げる。

「わかっている。平和そうな顔のつくりは下賤《げせん》のものには思えない。暴れても指一本で倒せそうだから対処には困らん」

結構な言われっぷりだ。

会話をしながら、結衣はふと、さっき自分が口にしたのと同じような言葉を聞いたことを思い出した。

「……ええと、アゼル様。怪しい者ではないって、先ほどあなたが自分でおっしゃいましたけれど、私のセリフでしたよね？」

「俺はこの通り顔が怖いらしい。最初に断っておかないと、逃げ出すものが多いからな。慌てて壁にぶつかられても困る」

確かに――――強面で身体も大きいので威圧感はあるかもしれない。

ただ、結衣はさっきまでの怖さをもう微塵《みじん》も感じなくなっていた。

身の危険は感じないし、容姿の勇ましさなど吹き飛ぶぐらいの有り余る優しさが伝わってきていたから。

「怯えてすみませんでした……私、眠ってしまっていたのでしょうか？　ずっと、優しくあたたかいものに見守られている心地でした」

「二時間ほど観察していたからな」

――――はっ？

何事にも動じないようにさらりとアゼルが口にする。

「えええっ！　起こしてください、そこは……」

寝顔を二時間とか、恥ずかしすぎます。

頬が急激に熱を持つ、きっと赤くなっている。

「とにかく、ご迷惑をおかけしてすみませんでした。私は帰ります、今日のハウスクリーニング代はもちろんいただきませんので――」

「おい、待て！　話はまだ……肝心なことを――」

バタバタと起き上がり、広い室内で彼を避《よ》けるようにして扉へ向かう。

髪の三つ編みが緩んでいるのを直している暇はない。ウエストに巻いた掃除道具を落とさないように反射的に確かめながら窓際を速足で通過した。

その時、視界にありえないほどの広大な緑が飛び込んできて……。

「えっ……？　なっ……」

高層マンションではない、三階ぐらいの高さの視界。

見下ろすのは、ビル群ではなく、広大な緑の草原と、遠くに点在する山々。

地平線に溶けていく橙色の大きな夕日。

風がざあっと丘を撫《な》でて、長い草に道を作り、木々を揺らす。その風が窓から入ってきて、結衣の三つ編みを完全にほどいて髪が広がった。

強烈な緑の匂いがする。

何――――？

こんな景色、知らない！

「ええっと……ここ、どこですか⁉」

「おそらくは……お前の知らない土地だろう」

意味がわからず茫然《ぼうぜん》とする結衣に、アゼルは低く響くしっかりとした声で続けた。

「黒い髪の者は俺の領地にはいない。王都でも確認されていない」

ゆらりとアゼルが立ち上がり、結衣はあっという間に彼を見上げる形になる。

「え……と……」

「お前はここと は異なる世界から訪れた、迷い人のようだ。黒い髪に、黒みがかった瞳が特徴と合う、まれに迷い込むことがあると聞く……俺も見たのは初めてだが」

「そんなことが……」

あるわけない、と言おうとしたけれど、結衣は最後まで言えなくなった。

会ったばかりだけれど、アゼルの声はとても嘘を言っているようには見えないし、演技をしているようにも見えない。

どちらかというと、彼はその両方が苦手そう。

色々なバイトをしていたし、身寄りがないこともあって、人を見る目はどちらかというとある方だから感じた印象。何の根拠もないのだけれど。

「……ここって……いわゆる――異世界?」

アゼルに尋ねたのではなく、結衣は独りごちた。

そして、おそるおそるもう一度外の風景へ目を向ける。

こんなに壮大な景色は今まで見たことがなかったし、何より自然の色が違う。明らかにそこは日本ではなかった。

映画のセットにしては視界すべてを覆うほどで広すぎるし、開いている窓にCGを映し出すモニターが嵌《は》まっているのかもと手を伸ばしてみたけれど、何の違和感もない。

結衣はゆっくり振り返ると、改めて部屋の中を見回した。

ベッドも、クローゼットも、燭台《しょくだい》もアンティークの高級品のように見える。最初観察した時にはそこまで気が回らなかったけれど、電化製品は一切見当たらない。

「本当に、ここは私の知らない場所なんですね?」

「呑《の》み込めたか?」

彼の問いに結衣はゆっくり頷《うなず》く。

結衣が現状を把握するのに、たっぷり数十分はかかったのだけれど、アゼルはそれを見守るようにじっと待っていてくれた。

だからだろう。気づいたら異世界にいた、なんていうとても信じられない状況を結衣は納得していた。

あの窓から見えた森の中で一人目が覚めていたら、夢か、誰かの悪ふざけかだと思い、ずっと歩き回っていたはず。

　少し考えただけで怖くなった。

「別の世界に迷い込んだ、という気持ちは俺にはわかりようもないが、察する。落ち着いてみせるその様子は尊敬に値しよう」

「それは……アゼル様がいてくれたおかげだと思います。ありがとうございます。私の第一発見者になってくださいまして」

　変な言葉になってしまったと思った。

　これだとユイの死体発見者みたいだ。

「最初に保護した者として、俺にできる限りのことはしよう。幸い、部屋の空きも蓄えもここには充分にある。遠慮はしなくていい」

「お言葉は大変嬉しいのですが、早く戻らなくてはなりませんので」

　仕事の予定がびっしり詰まっている。のんびりしている暇なんてない。

　――帰ったらバイト先へ順番に謝らないと。

　異世界に迷い込みましたって言っても……きっと信じてくれないよね。困ったな。

「しばらくは無理だ。諦めろ」

　漠然と来てしまったからには、戻る方法もあるはずだと思っての発言だったのだけれど、それはアゼルによってきっぱりと否定されてしまった。

「えっ、あっ……申し訳ありません。せっかくのご厚意をお断りしてしまい」

反射的に、お客様に怒られてしまった時のように、深々と頭を下げてとにかく許しを請うたのだけれど……。

「そういう意味ではない、勘違いするな。俺はプライドばかり高い今の重臣達とは違う」

声がして顔を上げると彼は怒ったのではなく、困った顔をしているように見えた。

「ジュウシン？」

「いや、余計な言葉だった。気にするな」

「はい、もちろんです」

――ハウスクリーニングは、プライベートに立ち入らない……って、お客様ではないけれど。

気にするな、と言われると気になるものだけれど、つい仕事の癖で結衣は頷く。

「話を戻すぞ。帰ることだが、確かに戻る方法はある」

「よかった……」

方法を聞くよりも先に安心した。

絶対に戻れなかったり、世界を統一しろ、なんて無茶な条件だったらどうしようかと思っていた。

「お前のように時折迷い込む黒い瞳と髪の者は、この領地を抜けた先にある森へ向かうと、二度と姿を現さないと聞く。おそらく異なる世界と繋《つな》がっているのだろう」

「……それって、死んでしまっているってわけではないんですよね？」

二度と姿を現さない、というアゼルの怖い言葉に違うと思いつつも結衣は尋ねた。

「その可能性もある。異なる世界の者が身に着ける珍しい物を目当てに、あの辺りは山賊がうろついている。それが、お前をすぐに帰すことができない理由だ」

確かにそんなところへ一人で行けば、自分などひとたまりもない。

しゅんとしていると、不意に結衣の頭をそっとアゼルの大きな手が優しく撫でた。

そんなことをされたのは子供の時でもほとんどなくて……驚きはしたけれど、何だかとても温かくて、嬉しくなった。

自分を心配して、優しく触れてくれる人がいるのは何年ぶりだろう。

出会ったばかりの人で、しかも違う世界の人なのに、なぜ安心してしまうのだろう。

「……つい。すまない、他意はない」

びくっとしたのを感じたのだろう。アゼルの手が離れていく。

「いいえ……大丈夫です」

その大きく温かなものを惜しみながら、結衣は答えた。

「安心しろ、少しの辛抱だ。七日後、俺の部下がここへ来る。奴が帰る時、森の側《そば》を通るから連れて行ってもらえ。それまではここに滞在するといい」

アゼルはきちんと安全に元の世界へ帰すよう、考えてくれていたようだとわかる。

結衣の感じた印象と同じく、本当に彼は優しく誠実な人のようだった。

表情や眼光は、鋭い感じがするけれど……うん、見慣れてきた。

「俺が領地から出ることができれば、もっと早く……」

視線を落として、アゼルが言葉を濁す。

「いえっ、ついでてかまいません。これ以上、お手間を取らせるわけにいきませんので」

何かしらの事情が彼にあるのだと気づき、結衣は笑顔を作って言った。

彼は無条件に助けてくれているのだから感謝してもしきれない。

――――バイトは諦めないと。高山様、バイトのみんな、穴を空けてごめんなさい。

元の世界の人達に心の中で謝りつつ、結衣はアゼルの好意に甘えることにした。

「何かしたいことや不自由なことがあれば、遠慮なく言うといい。手配しよう」

「特には……」

ないと言おうとして、結衣は空腹を感じた。

しかも背中とお腹《なか》がくっつきそうなほどの。

元の世界にいた……おそらく昨日か一昨日は、アルバイトの連続で休む暇もなくて、ほとんど何も口にしていなかったかも。

さらに眠っていた時間もいれると、お腹が空《す》くのは当然のことだった。

「あの……大変言いづらいのですが、何かお食事をいただけませんか?」

恥ずかしいけれど、背に腹は替えられずに結衣はアゼルに頼んだ。

「ああ、気づかずに悪い。すぐに用意させる」

アゼルが少し表情を崩したように見える。笑ってくれたのかもしれない。

「あの！　残り物とかでかまいませんので、アゼル様」

中世が舞台の海外ドラマで見たことがある使用人を呼ぶためのものらしいベルを鳴らした彼に、結衣は慌てて付け加える。

「気にするな、ちょうど、俺も夕食をとるところだ。それに……その様付けはやめろ」

「これは癖……みたいなものでして、ダメですか？」

状況的に当然な気がするのだけれど、彼としては違うみたい。

「勘違いされる。使用人達に対しても、対外的にも色々と問題だ。アゼルでいい」

「それはさすがに……アゼルさん、で許してもらえませんか？」

こんな威厳のある男性を呼び捨てはさすがに、精神衛生上よくない。

考えた末に少し譲歩して結衣は答えた。

「まあ、いいだろう。俺は名前で呼ばせてもらうがいいな？　ええと……？」

眉間に皺を寄せたアゼルの様子を見て、結衣はまだ自分が名乗っていなかった事に気づいた。

慌てて、また頭を深々と下げる。

「ご挨拶が遅れて、大変申し訳ございません。ベアールから参りました乃村結衣と申します」

無意識に名刺を取り出そうと手を動かし、その必要がないことにすぐ気づいた。

――ああ……名乗る時の条件反射でやってしまった。

「ノムラユイ……ユイか、良い響きだな」

異世界の初対面の挨拶とでも受け取ったのだろうか。アゼルは気にせず、名前だけを覚えるように繰り返してくれた。

彼の口にした〝ユイ〟はアクセントが微妙に違っていて、この世界の言葉のように聞こえる。

名前を褒められたり、頭を撫でられたり。普通なら世界から放り出されて、焦るはずなのに不思議議と落ち着いている自分がいた。

気持ちを〝ユイ〟に傾けると、同じ名前なのに新しい名をもらってしまった気分になる。

「では、ユイ。食事にしよう。そのエプロンと奇妙なベルトを外してからな」

ユイは着けたままだったハウスクリーニング用の道具を外すと、ぐんぐん大股で進むその大きな背中を追いかけた。


壁、柱、天井の装飾――――。

彼に続いて回廊を歩いていたユイはその内装の豪華さに圧倒されていた。

どうして、元の世界の建物と間違えてしまったのだろう。

――全然違う。

目に飛び込んでくるすべてが、芸術である。最高の意匠だ。

お屋敷よりも大きな、お城なのかもしれない。

一見しただけでは、掃除の仕方がわからないものまである。

――すごい……本当に別の世界に来ちゃった。

どこを見ても、元の世界を感じられるものはない。

「歩くのが速かったな。勝手知ったる家だと、ついユイの歩幅を忘れていた」

ぼーっと内装に見とれていただけのユイを気遣って、アゼルが戻ってきてしまう。

「えっ！　す、すみません。違います。私がよそ見をしていて遅くて！」

慌てて駆け出した足に、アゼルが並んで足を出し、歩幅を測っている。

「無理をするな、ふむ――――これぐらいか」

「合わせていただかなくても……！」

どうやらアゼルは真面目《まじめ》な人みたいだ。

ユイがアゼルを大きいと感じているように、彼もユイを小さいと感じているのがわかる気遣いをしてくれている。

「同じ歩幅で合わせるより、お前が二歩で俺が一歩にした方が自然か――――」

「私が少し速く歩いた方が自然ですよ……！　向こうですか？」

ユイは気恥ずかしくなり、先を行くことにした。


導かれたのは、広い食堂のような場所だった。

ユイが眠っていた部屋三つ分ほどの広さ、壁際には今はカーテンに覆われた大きな窓と緻密な絵画が交互にあり、中央の天井から吊り下げられた大きなシャンデリアと所々にある十数の燭台が煌々と輝いている。

全部、今までハウスクリーニングで行ったどの部屋にあったものよりも高そう……。

あまりの内装の豪華さにユイが入り口で立ち止まっていると、使用人がこちらだと身振りでお誕生日席の右側の席を勧めてくれたのに気づく。

――――部屋の隅で充分なのに。

ぎこちなく、席に向かう。

ユイが座るのを見て、アゼルも席についた。いわゆるレディファーストなのかも。

「食堂は客人が足を踏み入れることもある。あまり派手なのは好みではないのだが、仕方なくこうしている」

緊張しているユイに彼が苦笑いする。

確かに部屋の内装はこれほど派手ではなかった。

どちらかというと、部屋はセンスの良い家具。

食堂は見た目重視の煌《きら》びやか。

「俺も落ち着かない」

ユイを安心させようとしてくれたのか、アゼルが短く言うと、斜め後ろにいる使用人に目線を送った。

それが合図だったらしく、大皿の料理が運ばれてくる。

食堂の中央に置かれた十人以上が着席できる長方形のテーブルの上へ、美味《おい》しそうな匂いと湯気を立てた料理が使用人達によって並べられていく。

いわゆる一人ずつのコース料理ではなく、中華料理のような大皿。けれど、料理自体は西洋風のようだった。

小さめの鳥や豚の丸焼き、大きな魚のパイ包み、小さいけれど大量のオムレツ、大きな皿にコンソメや野菜のスープ、キノコや肉の入ったキッシュ、山と詰まれた様々な種類のパンに、見事なまでに飾り付けられたフルーツの塔。

他にも給仕役の近くに寸胴鍋《ずんどうなべ》が置かれているので、何かの煮込み料理があるのかもしれない。

――あっ、私が取り分けを……お世話になっているんだから。

料理を取り分けようと腰を上げたけれど、その前に二人の男性が給仕を始めてしまった。

一人は生成りの服に黒いエプロンをつけた中年の男性で、アゼルからマドック料理長と呼ばれていた。

もう一人は、いかにもといった黒いスーツを身に着けた初老の男性。これって……もしかして！

――本物の執事だ。

「レドリーと申します」

「……よろしく、おねがいします」

執事らしき人は、ユイの視線に気づくと挨拶をして恭しく頭を下げる。

レドリーは肉を綺麗に大きめのナイフで切り分けてから、流れるような仕草でユイの前に置かれた皿に取り分けていった。

もちろん、食べきれないほどの量を。それでもアゼルよりは少ないので、気を遣ってくれてこれみたいだ。

――――美味しそう。

盛られた量を気にしなければ、とても美味しそうだった。

一気に空腹感が襲ってくる。

「食べてくれ。口に合うといいが」

「大丈夫だと思います。元の世界とあまり変わらないように見えます」

本当に見た目は西洋料理と変わらない。

食材もニンジンやホウレンソウ、豚や鳥など身近なものばかり。

「いただきます」

アゼルに勧められユイは、両手を合わせてからまずはオムレツに手をつけた。

「……美味しい！」

思わずテンションが上がって口にしてしまうぐらい、美味しかった。

ふわふわで、中に良い香りのするキノコやハーブが主張しない程度に入っている。卵の味もしっかりしていて美味しい。

自分で作る卵料理とは大違い。

「それは安心した。他のも食べろ、どんどん食え」

「はい、ありがとうございます」

しっかり飲み込んで、一旦休憩を試みたけれど、空腹もあって、手が止まらない。

アゼルの視線を感じて、ユイは俯《うつむ》いた。

「すまない、心配してお前を見すぎたな。そんな隠れるように食べなくていいぞ」

「ごめんなさい、美味しくて、つい」

あまり表情は変わらなかったけれど、笑われてしまったようだ。

アゼルが豪快に料理を食べ始めたので、ユイも自然に振る舞えるようになった。

――本当に美味しい、高級レストランみたい。行ったことないけど。

どの料理も見た目ほど味が濃くはなく、野菜や肉のえぐみはまったく感じない絶妙な加減になっていた。

これだけの専属料理人を抱えているってことは、アゼルさんってすごいお金持ち?

そう考えて、彼やこの世界について何も知らないことに気づいた。

偶然迷い込んだとはいえ、あれこれしてもらっているのに、不誠実かもしれない。

「あの食べているところ、すみません。この国やアゼルさんについて聞いてもよろしいですか?」

見るとユイの数倍はあった彼の皿の料理はいつの間にか空になっていて、給仕役の人がもう一度取り分けているところだった。

――身体が大きいから、やっぱりすごい食べっぷり。

バイトで料理することもあるので、つい作る側の立場になってしまう。

アゼルの食べる様子は、作る側からすればとても嬉しいに違いない。

「そうだな。ユイは最低でも七日滞在することになるのだから、ある程度は知っておくべきだろうな」

アゼルがナプキンで口元をぬぐってから答える。

簡潔に必要な情報をわかるようにゆっくりと話してくれた。

「ここは、グルナール王国。その北部にあるウォーハルスト領。そこに建つフィギス城だ」

――グルナール、ウォーハルスト、フィギス。

当然だったけれど、聞いたことのある地名はまったくない。

語感も馴染《なじ》みのないものだった。

……異世界だから知らなくて当然だよね。

「無理して覚えなくていい。話に出てきた時にわかる程度でいいだろう」

「いえ、記憶力は良い方なので大丈夫です」

少し残念そうな気持ちを覚えきれないとアゼルに取られてしまったのかもしれない。

ハウスクリーニングは顧客の名前や家具の位置などを覚えなくてはいけないので、記憶力には自信がある。

「グルナール王国ウォーハルスト領のフィギス城ですね。発音おかしくないですか？」

「ああ、問題ない。たいしたものだな」

アゼルは冗談ではなく、感心してくれたようだ。

些細《ささい》なことだけれど、嬉しくなる。

「今は戦争状態でもないし、国境付近での小競り合いもほとんどない。安心して滞在してくれ

……それよりもう食べないのか?」

世界情勢はこのぐらいで終わりみたい。

それよりもアゼルはユイの食事の方を気にしているみたいだ。

「もともと小食なので……これでも沢山《たくさん》食べた方ですよ」

元の世界では食費を切り詰めて、もやし生活をしていたので、ユイはすぐにお腹いっぱいになってしまった。

こんなご馳走《ちそう》を前にもったいないと思うけれど、仕方ない。

「どれも美味しいのは本当です」

料理長のマドックにも聞こえるように、口に合わないのではないとユイは付け加えた。

「ああ、なるほど。もっと細かく切った方がよかったのか?　どれ」

「……アゼルさん?」

椅子から立ち上がったアゼルが何をするのかと思えば、ユイのすぐ隣に移動して、皿の料理を細かく刻み始めた。

動物を拾ったみたいな対応だ……。

餌を食べないととにかく細かく刻んだり、すり鉢で液状にしたり――って、それは困る。

ユイは慌ててアゼルが切る以上の加工をしないか見た、まだセーフだ。

いい人みたいだけれど、ちょっと天然で変わった人なのかも。

「これなら食べられるだろう。ほら、あーんしろ」

「あ、あーんですか？　あの……一人で食べられますから、そこまでされなくても」

「気にするな。細かくしたついでだ」

——私が気にします。う、うぅ……。

遠慮しても、残念ながらアゼルが引き下がるように思えない。

仕方なく、ユイはアゼルから差し出された料理をぱくっと食べた。

——想像以上にこれ、とっても恥ずかしい。

「次は何がいい？　肉がいいか？」

顔が真っ赤になっていく。それでもアゼルはさらに料理をあーんさせようとしてきた。

さすがにこれ以上は無理。

「私、確かに背も低くて幼く見えるかもしれませんが、これでも十八歳ですので、一人できちんと食事ぐらいできますので、ご勘弁ください」

早口になって、最後は懇願する。

「そうなのか？」

アゼルが驚いてユイを見る。そして、やっと離れてくれた。

「本当なら結婚適齢期だな。それは失礼した、立派な淑女に対してすまない。小さいからつい手を焼きたくなってしまった」

結婚適齢期がこの国では少し早いみたい。

するると、ユイが幼く見えるのも仕方ないことかも。そもそも外国人からすると日本人の女性は幼く見えるというし。

場の雰囲気が悪くならないように、ユイは何か話題を探した。

「アゼルさんはお幾つなんですか？」

「歳か？　三十八だ」

思ったよりもユイと歳が離れている。先ほどの行動にも頷けるかも。

鍛えているからか、だいぶ若く見えるけれど。

「ここの領主様、なんですよね？」

「そうだ。軍務からは身を引いて、今はウォーハルスト領の領主として隠居している」

軍務というと、元軍人ということのようだ。

屈強そうな肉体も、鋭い顔も納得。

三十八歳で引退というのもやはり元の世界よりも全体的に早いみたいだ。

――――私は会った時からてっきり……。

「現役バリバリの強い騎士様に見えていました」

「ついこの間まで騎士隊長ではあったたからな……」

感想をただ言ったつもりだったけれど、少し気まずそうにアゼルが答える。

やはり何か事情があるようで、今はあまり聞かない方が良さそう。

「ええと……フィギス城って、すごく広いですよね？　お城って見るの初めてです。明日にでも見て回ってもいいですか？」

「もちろん、かまわない。特に面白いものはないが」

それからユイはさらに話題を変えて、お城の話をする。

アゼルも、何事もなかったように城や領地内についての話を聞かせてくれた。


目が覚めたら異世界での出来事は全部が実は夢で、高山様の部屋で数分眠ってしまっただけだった――――ということを過度に期待したわけではなかったけれど、次の日、目覚めたユイはやはり少し落ち込んだ。

本当に異世界に来てしまったと、視界に入ってきた大きなベッドと豪華な天蓋が証明していたから。

「でも、贅沢《ぜいたく》だよね……知り合いのいない場所でこんなに良くしてもらってるわけだし」

暗い気持ちになったのは目覚めの一瞬だけで、すぐに良い方向に考える。

元の世界であっても、知らない土地に放り出されたら、こんな幸運はそうない。

慣れないベッドで眠ったというのに、昨夜は疲れるぐらいお腹いっぱい食べたので、ぐっすりと眠ることができた。

働きづめで疲れていた身体もリフレッシュされたようで、全身が軽い。

時間に追われない生活も久しぶりだ。

そういえば、仕事をしない日も。

肌着姿から、迷い込んできた時に来ていたハウスクリーニングの制服である紺色のワンピースに着替える。

二階にある客室から出て、おずおずとエントランスへ下りていくとそこでアゼルとばったり出会ってしまった。

「ユイ。ちょうど、使用人に様子を見に行かせようと思っていたところだ。手間が省けた」

「お、おはようございます」

まるで男の人の家に外泊をしてしまった朝みたいだと思って、意識してしまう。

けれど、歳の差と動じないアゼルの様子に、勝手に意識している自分の方が恥ずかしいと気づいた。

「顔色が昨日よりさらに良い。元気になったな」

「アゼルさんのおかげです。本当にありがとうございます」

嬉しそうに見つめてくるアゼルに、赤くなる顔を見られたくなくて、頭を下げたついでに顔を俯かせる。

「朝食まで、暇だろう。そうだな……昨日、城を見て回りたいと言っていたな。今なら俺が少し案内しよう」

正確な時間はわからなかったけれど、ぐっすり眠ったせいで早めに起きてしまったようだ。

少し迷ったけれど、ユイはアゼルの言葉に甘えることにした。

頷くと、いきなり手を摑まれた。

「全体を見るには三階の踊り場からがいい」

「えっ……あの……アゼルさん？」

昨日の夕食で、いきなり隣に来て世話を焼き始めた時と同じように、アゼルは思ってもみない行動に出た。

いきなり彼はユイを抱えて、階段を上り始めた。いわゆるお姫様抱っこで。

――運んでくれるだけみたいだけど……。

「高い、高いですよっ！」

視界がぐんと上がった。

とがめるような声が出てしまったのは、恥ずかしかったから。

小柄でもユイは人並みには重い自覚はある。

アゼルの腕に食い込んでいたらと気が気ではない。

しかし、足をバタつかせても、彼はびくともしなかった。

何も持っていないかのようにトットッと階段を上っていく。

見た目だけでなく、すごく力持ちみたいだ。

ユイに触れる胸板は服ごしでも、ゴツゴツしている。

「～っ！　あ、あの……うぅ……私……重くて……」

「軽いぞ、ユイならあと五人は同時に運べるな」

――私があと五人って……！

涼しげな声が返ってきたので、もう口を噤《つぐ》んだ方がこの嵐は早く過ぎ去ると直感した。

自覚のない力自慢さんだ。

――アゼルさんは、私を持ち運んでいるだけ……っ。抱き方も効率的とかそんなの！

お姫様抱っこの体勢は、気にしないようにと考える。

――私の階段を上る速度がまどろっこしかったから！

そう思って、必死に意識しないようにと我慢する。もう耳まで真っ赤だった。

三階の踊り場に着くと、そっと下ろしてくれる。

「……あっ」

ふわりと足全体がつくまで支えられて、ユイは妙に安堵《あんど》した。

彼が言う通り、上からの景色は確かに見晴らしが良くて……。

敵が押し寄せた時に時間を稼ぐためだろうか、エントランス、二階、三階と繋がる大階段はそれぞれ独立していて、廊下を経由してぐるりと百八十度回り込まないと、次の階段にたどり着かない。

元の世界にある坂道状の動く床みたいだ。

それでも、親柱や、手すりには細かな装飾が彫られていて、壁や柱の意匠と溶け込み、一つの芸術品のように見える。

「一階は食堂や書斎、大広間などがある。二階と三階は客室だ。三階はほとんど使っていないので倉庫になってるがな。それより上も同様にな。四階より上は寒いから部屋と呼べるものはほとんどないが」

「あれ？　他の方はどこで暮らしているのですか？」

料理長のマドックや執事のレドリー、他にも数人の使用人を城で見かけた。

アゼルに家族がいないのは何となく察してはいた。

「使用人達のことか？　彼らは地下の部屋だ。上に住んでいいと言っているのだが、主従の区別は必要だと言って聞かない」

「地下もあるんですね」

城に地下があるのは知らなかった。

地下室と聞いて、心が弾むのは自分だけだろうか。ハウスクリーニングで訪れた家にも、小さなものを除いて、地下室があるところはなかった。

「貯蔵庫と使用人用の部屋が幾つかある。とはいえ、使用人は少ないし、村から通う者もいるから、使われていない部屋の方が多いが」

だからなのだろうかとユイは心の中で思った。三階から見下ろすエントランスはとても荘厳だけれど、少し寂れた印象を受けた。

掃除が行き届いていないように思う。使用人の人数が足りていないのかも。

「どうして、エントランスが磨かれていないのですか？」

とても出過ぎたことだと自分でも思うのだけれど、職業病みたいでどうしても気になってしまい、気づいたら口に出していた。

「必要ないからだ」

「入り口、なのにですか？」

お客様だけではなく、帰ってくる者を迎えるのも玄関。

ユイは特に気をつけて綺麗にしようと、いつもハウスクリーニングでは心がけていた。

「出入りは裏門を使っているし、来客があるならばその時に掃除する。最低限の使用人しかいないから、使用していない西エリアは最低限しか手入れしていない」

「領主のアゼルさんまで裏口……ですか」

「使用人の出入りは裏口だからな、俺一人だけのために掃除をする必要はないから、まぜてもらっている」

質素に目立たないよう暮らしているのかもしれない。

合理的、といえばそうなのかもしれないけれど……。

バイトとはいえ一生懸命、家を綺麗にしてきたユイには、悲しく思えた。

そして、見ているだけでうずうずしてきた。綺麗にしてあげたいと。

本来の素晴らしい見た目にしてあげたい。

「アゼルさん、お願いがあります」

「なんだ？　昨日も言ったように俺にできることならできる限り協力するぞ」

ユイは意気込んでアゼルを見た。

「ここ、お掃除させてくれませんか？」

「掃除？　お前が、という意味だよな？」

なぜそんなことを言い出したのかと、アゼルは呆《あき》れているようだった。

「豪華な食事と温かなベッドのお礼に、お掃除させてくれませんか？　建物に傷をつけたりは絶対にしませんので。私、これでも元の場所では清掃を仕事にしていたので」

自信ない風に思われると困るので、ユイは精一杯胸を張って言った。

大きなアゼルからだと、あまり違いがわからないかもしれないけれど、気持ちの問題だ。

「ただお世話になるだけでは、申し訳ないので。お願いします」

「…………」

考えていたのか少し間を空けてから彼が口を開く。

「……義理堅いのだな、お前は。わかった、好きにしていいぞ」

「ありがとうございます」

何度も頭を下げる。

「ただし、無理はするなよ。絶対だ。疲れたら休め。高いところや重いものなど、人手が必要な時は俺か、城の誰かを頼れ」

「はい、無理しません」

少し過保護気味に念を押され、ユイはこの世界、この城ですることを見つけた。

――さて、どこから手をつけよう。

三階からエントランスを眺める。

今度はどう掃除をするかを考えながら。

朝食後、ユイがエントランスの掃除を始めるに当たって最初にしたことは、客室に戻り、自分のエプロンと手製のベルトを身に着けることだった。

いつもの恰好《かっこう》になると、異世界にいるのが嘘のようにいつもと同じ、身が引き締まる気分。

幸いなことに、ベルトについたポケットには薬品も掃除道具も入ったままだった。

――よかった、きちんと入ってる。

石鹸はあるけれど純度が低くて、化学洗剤はまったくなさそうなこの世界。

重曹はたぶんないから、掃除に使うのはきっと灰汁《あく》や薄めたお酢。

それらに比べて、ベアールの薬品は、匂いや染みの心配がなく、汚れも格段に落ちやすい。

環境にもいい植物性なので建材を傷めることにもならない。

きっと掃除する人からすれば、魔法の水に違いない。

――埃や塵《ちり》はきちんと掃かれているみたいだから。

エントランスに行くと、さっそく薬品をぬるま湯で薄め、汚れを浮かせて落とすことから取りかかる。

ユイは一心不乱に、エントランス中の床と階段を掃除して回った。

久々に身体を動かしたので、何だか気持ちいい。

全体の第一段階の掃除を終えたところで、心配したアゼルが顔を見せてくれた。

「本当にやっているな。うん？　そのベルト。仕事用だったのか」

彼は、ユイが腰に巻いたものを興味深く見た。

「ふふっ、秘密兵器が入っています。これがあれば百人力です」

「確かに、短時間、しかも一人で随分と綺麗になったものだ」

エントランスを見渡したアゼルが感心した声をもらす。

「まだまだ途中です。もっと綺麗になりますから」

「これぐらいで充分だが……お前がそう言うなら頼む」

「任せてください」

掃除を再開すると、気を利かせたアゼルはそっといなくなっていた。

汚れを落とした床と階段の仕上げには、ワックスで艶を出す。

手すりなどの装飾の金属部分は研磨剤入りの特殊なクロスで拭いていって、窓はガラス用の薬品を使って水切りワイパーで綺麗に上から汚れと水分を取り除く。

「あとは……」

掃除中からどうしたものかと、ずっと気になっていた場所に目を向ける。

それは、吹き抜けの一番上から吊《つ》り下げられたシャンデリアだった。

どうやっても手が届くとは思えないし、高所用の掃除道具のような大きなものは、さすがにベルトの中にない。

――どうやって下ろすんだろう。きっと埃が溜まってるはず。掃除したいなあ。

「すごいな、これを一人でやったのか」

恨めしそうにシャンデリアを眺めていると、急に後ろから大声が聞こえて驚いた。

「あっ、アゼルさん！　ちょうど終わったところです」

「……城が生き返ったようだ。途中で見た時より格段に綺麗になった。輝くようだ」

お世辞ではなく、本当に喜んでくれているようで嬉しくも、くすぐったい。

ハウスクリーニングは、リピーターになってくれるか、くれないかだけで、感想が聞けたり、面と向かってお礼を言われたことはほとんどなかった。

だから、彼のように素直な反応を聞けるのは純粋に嬉しくも恥ずかしい。

「不要だと思っていたが、俺の判断は間違っていたな。これだけ綺麗だと気持ちいい。必要なことだ」

しかも掃除についての大切さも理解してくれたようだ。

「帰るまで、私が責任を持って毎日掃除しますね」

「お前は、そんな使用人のようなことをしなくても良いのだぞ」

頼む、と言われると思ったけれど、アゼルは困ったように答えただけだった。

「私も元は使用人のようなものですよ。元の世界では身分的にはド平民です」

「そちらの国のことはわからないが、この国でユイのような異なる世界の者は、国賓《こくひん》の扱いと決められている」

「ええっ！」

自分より先に別の世界から来た人が、何か国のためになることでもしたのだろうか。

それとも、保護とか監視の必要な重要人物だったことがあるのかもしれない。

ともかく、おかげで今、ユイはこうして助かっているわけだけれど。

「国賓だなんて、この世界に残る人もいそうですよね」

いい扱いなら、戻らなくてもいいと考える人がいてもおかしくない。

そこまで考えて、ユイは重要なことに気づいた。

「もしかして、私のように異なる世界から来て滞在している人って他にいるんですか？」

同じように飛ばされてきた人が今もこの国にいるかもしれない。

そうだとしたら、会ってみたいかも。

「残念だが、それはいないと聞いている」

「あれ？　なぜですか……」

すまなそうに、その意外な理由をアゼルが口にした。

「何でも皆、持っていた長方形の器具の調子が悪くなり、恋しくなって帰るらしい」

――――もしかして……スマートフォンのこと？　あっ、私は置いてきちゃった。

確かに充電が切れたら困りそうだ……。

自分の場合、持っていないことを忘れていたぐらいだったけれど。

「そういえば、ユイも持っているのか？　その長方形の器具」

「残念ながら、私は持っていません。忘れてきてしまいました」

「それは不運だったな」

アゼルはスマートフォンを何か大事なものだと思っているようだ。

確かに人によっては宝物かもしれない。でも、ユイには違った。

「いえ、私の場合、この掃除道具一式の方が重要です」

「確かに見たことがないものがあるな、これは何に使う？」

床に置かれている粘着ローラーをアゼルが指す。

「これですか？　テープのところが粘着するので、ブラシでは取れない細かい毛などをぺりっと――」

同時に道具へ手を伸ばし、掴んだユイの手をアゼルの大きな手が包み込んだ。

同時に掴んでしまい、少し驚きはしたけれど、嫌な感じはしなかった。

最初に会って飛び起きた時にぶつかった時も、今朝三階まで抱き上げられた時も、温かくて、安心する。

「張り付けて掃除するんです」

「確かに、変わっているな。見たこともない」

のぞき込むアゼルとの距離が近い。

心臓の音が大きくなっていく気がする。

「あの！　掃除で汚れてしまったのであまり近づかれますと……」

緊張に我慢できずに声を上げてしまった。

「着替えを用意させている。そろそろ届くはずだ」

アゼルの方はというと、表情に乱れはなく落ち着いているように見える。

――少し残念のような……何を考えているのだろう、私。

「近くの村から侍女もよこしてもらうように手配してある。間もなく着く頃だ」

侍女というと、いわゆるお手伝いさん？

どちらかというとユイの方が、侍女みたいな恰好をして、役割も近いのですけれど……。

「私は別に一人で――」

遠慮しようと思ったけれど、異世界の自分にはわからないことが多いので、同姓の身近な人は必要かもしれないと思い返す。

「今から断るか？　お前が望むならそうするが」

「いえ、すみません。やっぱりお言葉に甘えます。色々とお気遣いありがとうございます。お掃除の後片付けしちゃいますね」

ぺこっとアゼルに頭を下げると、掃除道具を片付け、お手入れをしていく。

――優しい人だといいな。

自分のために来てくれるという人をユイは楽しみに待った。

侍女らしき女の人が現れたのは、ユイが寝泊まりする部屋へ戻ってすぐだった。ノックの音がして「はいっ」と声を上げると、大きな箱を絶妙なバランスで積み上げた姿が目に飛び込んでくる。

手伝おうかと駆け寄る前に、女の人はクローゼット前の小テーブルにそれらを無事に置いた。そして、きちっと姿勢を正すと、ユイに仰々しいお辞儀をする。

「カルナと申します。ご滞在の間、ユイ様のお世話をさせていただきます。何なりとお申し付けくださいね」

臙脂色《えんじいろ》の飾り気のないワンピースに、クリーム色のエプロンを身に着けたカルナの姿は、ユイのベアールの制服がコスプレに見えそうなほどの本格仕様だった。

作りや着こなしだけでなく、カルナのまとう雰囲気が本物のクラシカルメイドといった落ち着きを漂わせている。

かといって、冷たい印象はなかった。優雅な佇《たたず》まいできちっと結った亜麻色の髪とは違い、茶色の瞳が人懐っこく輝いていたから。

歳はユイよりもかなり上で、四十歳前後だろうか、やや恰幅の良いところは母を思わせる。

「あっ……は、はい。よろしくお願いします。ええと……カルナさん」

「カルナと呼び捨てでかまいませんよ」

「そっ、それはちょっとできません。すみません」

アゼルがアゼル様呼びを避けた時も、同じような気持ちだったのだろうか。

確かに、変な感じでくすぐったい。

「謝らなくて結構ですよ、好きに呼んでください。ふふっ、ユイ様は面白い方ですね。フィギス城で異世界の方の侍女と聞いて緊張しておりましたが、安堵いたしました」

「ええっ、凛《りん》としていてそうは見えなかったですよ。むしろ、私……お世話なんてされちゃっていいのでしょうか……あのっ、色々と変だったら気軽に拒否とか、指摘とかしてください！」

ユイもカルナの前まで近づき、ぺこっと礼をした。

「ははっ……」

苦笑されてしまったけれど、次にぽんぽんと肩を叩《たた》かれたので、気楽に距離が近づいたみたいだ。

「うーん、小柄だと聞いていましたけれど、今ある中ではドレスをだいぶ詰めないといけませんね……」

カルナはユイの身体つきを触れて確かめているようだ。その手は人と接することに慣れているのか、優しく心地よい。

「着替えを持ってきてくれたのですね。ありがとうございます、見てもいいですか？」

やった！　着替え……！

アゼルはこのあたりのことに手が出せないから侍女のカルナさんなのか……と、ありがたく思う。

「もちろん、そのつもりでお持ちしました。採寸の職人を呼ぶにしても、ここは田舎なので時間がかかりますから、数日はありあわせで我慢してくださいね」

カルナが幾つかの箱を開けると、桃色、水色、エメラルドグリーンの豪奢《ごうしゃ》なドレスが目に飛び込んでくる。レースをふんだんに使ったもの、光沢のある生地のもの。

「ぜ、贅沢じゃないですかっ……？」

確かに、アゼルの恰好や室内の様子からして、並んでおかしくない衣装だったけれど、似合う自信がまったくない。

「そうですか？　年頃のお嬢さんが着るには、地味なのであちこち手を入れようとレースや布地、ビジューも持ってきたのですがね」

──地味……？　こんなに綺麗なのに。

見ると、カルナの裁縫道具らしき籠からは、キラキラした様々なものが溢れている。

「前の領主様一家のご衣装ですからね、型が古いのは我慢していただくとして……」

ユイの知らない話だった。

──アゼルが領主になったのは、最近なのだろうか？

疑問は顔に出ていたらしく、カルナが語りかけるような穏やかな声で教えてくれる。

「あら、ご存じないですか？　この辺りでは誰でも知っている話ですけれどね。十五年前に、ここウォーハルスト領はアゼル様が治めることになって、前の領主様は夜逃げ同然に出て行ってしまわれたんですよ。わたしは、今は村で暮らしていますがその頃はフィギス城の侍女でした。造りはまったく変わっていないので、この場所のことは何でもお聞きくださいね」

「はい……」

言いながらひょいひょいとドレスをカルナがユイの前へあててきたので、動けなくなってしまう。

小テーブルの近くにあった鏡台の布を外し、カルナがぐるんとユイを回して鏡へ向かわせた。

「堂々としてください。何を縮こまっていらっしゃるのですか？」

「は、はいっ！」

結構押しが強い……でも、リードしてくれるのはありがたいかも。

カルナを心強いと感じながら、目の前を行き来するドレスの流れを見つめる。

何が似合うかはわからないけれど、せっかく用意してくれたのだから、何でもいいではカルナが困ってしまうかもしれない。

「桃色は……子供っぽくなりますね。水色は……少し地味ですが、手を加えれば――エメラルドグリーンは形が合っていませんね。あとは、赤に黄色……縞模様《ストライプ》、ライラック――」

「あの、この色、好きです」

ふわっと前に来たライラック色のドレスを見て、ユイは声を上げた。

ライラック色の布はとても柔らかく、胸元と袖口の上品なレースはクリーム色で穏やかな色合い。裾があまり膨らんでいないのも動きやすそうだ。

「確かにお似合いですね。まずはこちらのサイズを合わせましょう。はい、お脱ぎになって」

「えっ！　わああっ！」

自分で……と言う間もなく、ベアールの制服をカルナに脱がされてしまった。

「こちらのご衣装は洗濯をしておきます。ライラックのドレスの直す場所は、背中を摘《つ》まんで腕と裾――――はい、もう脱いで結構です、ガウンでお待ちを……」

待ち針を刺し終えたカルナに、ドレスを身体に触れることなく剝がれて、今度はシルクのすべすべのガウンを着せられてしまう……パジャマの代わりだろうか。

そうしている間にドアがノックされ、執事であるレドリーの声で「お食事です」と聞こえてくる。

今はすぐ出られる恰好ではないと思っていると、カルナが当然のように扉まで出て、戻ってきた時には昼食のワゴンを押していた。

「お食事の間にお直しをさせていただきます」

てきぱきとベッドの上にテーブルが組み立てられて、湯気の立った料理が並んだ。

「あの……アゼルさんは？」

食事の前に、色々とお礼を言いたい。先に食べてしまうことが申し訳ない気分になる。

「アゼル様でしたら、夜まで領地の見回りでお戻りになりません。早く戻ると仰《おっしゃ》っていましたが、昨日のお仕事も溜まっていたご様子ですので遅くなることでしょう」

「そ、そっか……お仕事」

さっきまで当たり前のようにいたのは、ユイを気遣ってのことだと今さらに気づく。

隠居生活って、暇で遊んでいるわけじゃないんだ……。

領主様だから――。

ピンとこなかった彼の役職に思いを馳《は》せる。

異世界よりの来訪者のせいで、昨日からアゼルの予定がくるっていることは察しがつく。

――これ以上、アゼルさんの手を煩わせちゃいけないよね。

自分にできることは、トラブルなく、彼の厚意を素直に受け取ること。

そして、ベッドに上がり、ちょっと優雅すぎるかな……と心で呟《つぶや》きながらも、スプーンを手にしてスープに手をつける。

――アゼルさんが帰ってきたら、真っ先に出迎えて、何も問題なかったことと、お礼をシンプルに言おう。

※　※　※

何も異常はない、問題はない。

アゼルは日課としているウォーハルストの領地を見て回ったあと、フィギス城へと馬首を返した。

――夕暮れが迫っているが、馬を飛ばせば明かりはまだ必要ない。

合理的なことを好む。

アゼルにとって当然のそれは、なかなか人の理解を得ることができない。

おまけに自分で思うよりも顔は怖く、物言いも強く感じるらしく、言葉の通じない恐ろしい支配者に見えるらしい。

領民と打ち解けたいと思っていても、なかなか叶《かな》わないのだ。

「……あれは」

アゼルは進行方向に荷馬車を見つけた。

騎士隊で鍛えられた目はいい。

名前も顔もわかる村の商人だ。どうやら木の車輪が道から落ちて溝にはまり、それを引いている老馬と立ち往生している。

「いかんな」

あのままでは、消耗してしまう。

アゼルは馬を走らせ、その場へ駆けつけると、急いで片腕で車輪を持ち上げた。

ひょいと道へと戻してやると、村の商人が驚きの顔で硬直していて――――。

「り、領主様っ！　あ、ああ……ありがとうございます……！　最近物が売れず、今お納めするお礼は……お許しくださいっ！」

「いや、俺は別に……」

礼をよこせとか、許すであるとか――――。

ヒヒィーン！

荷馬車を引く馬までアゼルの顔を見て暴れだし、商人を置いて村の方へと走りだしていく。

「こらっ、待て！　わしを乗せていけーっ」

一頭と一人はあっという間に逃げ去った。

「…………」

――――俺が、悪いのだろうか。

いつもこんな調子だ。

さっきまで村でしていた領民との話し合いを思い出す。

怯えてばかりで、いくら言葉を尽くそうとしても聞く耳を持ってもらえなかった。

フィギス城の近くにある畑を自由に使って欲しいと何度も要請しているのに、頑なに断られている。

もちろん、使用料はとらないし、税もかけない。

作物の何割かを取り上げることなども考えてもみなかったのに、そう思い込まれている様子である。

「搾取などしない……」

何度説明しただろうか。

だが、聞く耳を持たない領民を責めても始まらない。

ウォーハルスト領の貴重な住民だ。

――最初を間違えただけだ。

第一印象で人は決まるとアゼルは痛感していた。

前任の領主は税を重くして搾取していた。だから、この地を任された時は意気込んだ。

己の容姿や、体格や、騎士であったことをすべて忘れて、勢いよく馬で乗り込んで、挨拶をした。

頼って欲しいと……。

それだけ、なのに――。

怯えられ、以来、領民には恐れられてばかりだ。

大事なのは、初めに会った時だ……。

だから、異世界から来たユイという娘には「怪しいものではない」とまず説明した。

結果、彼女はアゼルに怯えていないように見える。

ウォーハルスト領での七日間を歓迎してやりたいという気持ちが芽生えてくる。

「怪しいものではない……これは効く」

ユイはアゼルを怖がっている様子もないし、逃げ回ったりもしない。

彼女の気立てもあるのか、会話が成立するので一緒にいて新鮮な気持ちになる。

城を案内するのも楽しかったし、子猫を抱き上げるようにして歩くのも悪くない。

客人に浮かれず、領民との関係をどうにかしなければと己を叱咤《しった》するも、そこに安息を見出してしまっていることは事実だ。

ユイをもっと観察して、彼女が良しとすることを領民へもすればいいだろうか。

「俺はもっと学ばなければならない」

別の世界から来たユイは、困惑しているだろうに、きちんと自分というものを持ち、気丈だ。

食事以外は部屋から出ないものと思っていたら、掃除までしてくれた。

体つきは二回りも小さく、歳も若いのに……。

「…………」

――――俺は未熟だ。

ずっと訓練をして身体を鍛える以外に、もっと鍛えるべきところがあったのではないかと考えだすときりがない。

アゼルは愛馬を厩舎《きゅうしゃ》につなぎ、徒歩でフィギス城の前庭へと向かう。

そこを折れて裏口に回る行動が癖になっているのだが、今日はどこか城の姿が違った。

「ああ……」

――エントランスに明かりがついているのか。

そういえば、ユイが玄関を使えるようにしてくれた。

アゼルが足を止めていると、二階のバルコニーからひょこっと小柄な影がのぞく。

「アゼルさ――ん、どこへ行くんですか、玄関はこっちですよ」

「ユイ……」

まだ眠っていなかったのか？

ぽっと明かりが点《とも》ったような笑顔にドキリとなる。

ユイがさらに声をかけてきた。

「おかえりなさい」

「ああ、ただいま」

何やら心があたたかい。

疲れが吹き飛び、足取りが軽くなる。

――どう扱ったものか困っていたが。

アゼルは心を決めた。

辺境の地の珍客は、仕事をやりくりしてでも、もてなすことにしよう。

アゼルはここから出ることがないのだから――。

【第二章】お城での極上生活「不器用にお世話されてます?」

アゼルに拾われてから、数日が過ぎた。

ユイは迷惑をかけすぎないようにするため、アゼルの厚意を受けて、暮らすことにした。

なるべく控えめにしているつもりだけれど、この異なる世界での一週間、なるべく満喫しようと心に決める。

自分一人では帰れないのだし、そのことでじたばたしても仕方ない。

どうしようもないのなら、開き直るしかない。

――神様がくれた休暇と思うことにしよう。

「ユイ様、起きていらっしゃいますか?」

カーテンの隙間から光の筋がもれたのに気づいたユイが自然と目を覚まし、少しだけベッドに腰掛けてぼんやりとしていると、女の人の声が聞こえた。

「は、はい! どうぞ」

反射的に返すと、扉が開いてカルナの姿が見える。

カルナは村にある彼女の家から通っているそうだけれど、夜になるといなくなるのに朝はユイが目覚めてから数十分後にはいるのだから不思議だ。

「着替えをお手伝いいたしますね」

微笑《ほほえ》みを浮かべながら、ユイの側まで来ると立ち上がったユイのガウンと肌着を素早く脱がしていく。

カルナの手際が良すぎて、すっかりその所作に慣れてしまった。正直、自分が脱ぐよりもずっと速い。

それから初日に用意してもらった衣服を着せてもらう。

すっかりお気に入りのライラック色のドレスはカルナが胸元に花の形のビジューとウエストラインにリボンをつけてくれたので、とても華やかになった。

黒い髪は花の香りのするオイルで真っすぐに梳《と》かされ、お手入れでこんなに変わるのかと思えるぐらい艶々してる。

蝶《ちょう》の形の小さなピンで留められた細い三つ編みが、幾本かあるのが、くすぐったい。

「ユイ様、後ろを向いてくれますか？」

彼女にくるりと背を向ける。ドレスの細かい場所を摘まんだり、引っ張ったりして、カルナが調整していく。

「昨日旦那様からお聞きしたのですが、ドレスは新調なさらないのですか？」

手を動かしながらも、残念そうなカルナの声が聞こえてくる。

「カルナさんが合わせてくれたドレスがあれば充分だと思いますよ」

ユイに合う色やラインの新しいドレスを注文するようにとアゼルから勧められていたけれど、その厚意だけは全力で遠慮した。

少しすれば自分は帰るのだし、オートクチュールなんて一体いくらかかることやら。とてもそれに値するものをユイには返すことができない。

ただでさえ、こんな親切に、素敵な生活をさせてもらっているのに。

「短い滞在とはいえ、朝昼晩の三着を七日分、全部で二十一着は必要です」

カルナに力説される。

同じドレスは二度と着ないなんて、さすがにユイの常識からはありえないけれど、この世界では違うのかも。

「私のいた世界では、一週間は昼間の二着と夜の一着で過ごすのです」

ユイはアゼルにドレスを新調するように言われた時の説明をカルナにもした。

「……ユイ様の国の風習でしたら、仕方ありませんね」

あれだけ力説していたのに、すんなりとカルナは引き下がった。アゼルの時と同じ。

この国では、異なる世界から来た者の習慣を尊重してくれる。国賓扱いだからかもしれない。

――少し言い過ぎかもしれないけれど……。

元の世界でも三着で着まわしている人はどちらかというと少数派かも。

だから、ユイとしては少し後ろめたい。

けれど高価なドレスを自分のために用意してもらうのは、それ以上に申し訳ない。

「あのアゼル様が本当に残念そうに言っておいででしたよ。何とか、お前の方からも勧めてくれないかと。本当、噂《うわさ》とはまったく違う方なので拍子抜けしてしまいましたよ」

「……アゼルさんの噂?」

しまったと、カルナが口に手を当てる。

そして、深刻ではなく、お茶目な感じで声を潜める。

「ここだけの話ですよ。わたしはもうそう思っていませんからね」

「はい、秘密を守るのは得意です」

ハウスクリーニングで、依頼人の秘密をふと知ってしまうことがある。

ユイは頷いて、カルナの話に耳を傾けた。

「村では、変わり者で怖い人って有名でね」

「アゼルさんがですか?」

首を傾《かし》げる。確かに客観的には大きくて、顔は怖いかもしれないけれど。

とても優しい人だ。

「わたしもね、実際に話してみたらいい人だとわかりましたよ。でもね、会ったことがない人からしたら、領地であまりお姿を見ることもなくて、あのお顔と元隊長さんとなると……やっぱり良い噂にはならないものねえ」

「そう……なんですか……」

何だか、自分のことではないのに少しもやもやとする。

あんなにも親切で優しい人なのに。領地の人からは怖がられてるなんて。

「この話はこのぐらいにしてくださいな。アゼル様の耳に入ったら、やはり良い気分はしないでしょうからね」

カルナに賛成して、ユイは頭の中からもやもやを消し去った。

「さて、今日は朝食を食べたら何をいたしましょうか」

カルナはアゼルから、可能なことがあれば何でもユイの要望を聞くようにと言われているようだった。

これまでは城の中や庭を散歩して過ごしたけれど……。

――――もう少し行動範囲を広めてもいいかな？

新しい土地に来た時、ユイはまず近くの駅の周辺を歩いて、だんだんと知っている場所を広げていくのを思い出していた。

「今日はお城の外を見て回りたいです。できれば村も……ダメでしょうか？」

もしかすると、アゼルから外を歩くことは禁じられているかもと思い控えめに言ったけれど、取り越し苦労だった。

「それは良い案ですね、ぜひ。良いお天気ですし」

嬉しそうにカルナが答える。

「移動はどういたしましょう？　馬車でしょうか？　それともご乗馬を？」

「えっ、カルナさんは歩いてきているんですよね？　そんなに遠いのですか？」

馬車なんて大事《おおごと》はちょっと控えたいし、馬に乗ったことなどない。

「徒歩で一時間ぐらいですが、おみ足が……」

「体力には自信がありますよ」

ハウスクリーニングには予想以上に体力がいる。

それにたっぷりお休みしていたから、大丈夫。

「では、ランチも用意してピクニックといたしましょう。すぐに許可をもらって、準備してきますね」

話している間にユイの支度を完璧に終えたカルナが、嬉しそうに微笑んで部屋を出て行く。

「ユイ様は朝食を済ませておいてくださいな」

一度朝食を運んで来ると、カルナはすぐに部屋からいなくなった。

美味しい紅茶に、焼きたてのパンとオムレツ、それに新鮮なサラダとフルーツ。

あまりにもったいないので量を少なくしてもらったけれど、高級ホテル並みの美味しい朝食を口に運ぶ。

それから窓を開けて、しばらく暖かく心地よい風に当たっていると、カルナが帰ってきた
――と思ったのだけれど。

「準備はできているな?」

さも当然とばかりに、バスケットを持って入り口に立っていたのは、アゼルだった。

彼はクリーム色の開襟のシャツに、青銅色の上着をざっくりと羽織っていた。

ややラフな恰好だったのは、急いで来てくれたのだろうか。

一番上のボタンが苦しそうに外されているので、アゼルの逞しい首筋がくっきりと見え、胸筋がシャツを押し上げていて、健康的なはずなのに目のやり場に困ってしまう。

視線を下ろすと、彼のごつい腕が大事そうに柄を持つバスケットが、とても可愛らしく見えて、ユイは自然と笑顔になった。

「準備はできていますけど……アゼルさん、どうしたのですか？」

ユイの疑問に答えたのはアゼルではなく、その後ろから姿を現したカルナだった。

「報告をしたら、アゼル様に横取りをされてしまいまして」

そう答えながら、カルナがユイに大きなショールをかけてきた。優しい色合いのフリンジが触れた背中と胸元に馴染んでいくようだった。

さらに、つばの広い麦藁の帽子《ストローハット》をかぶせ、スカーフで留め、手早く外出の支度をしてくれる。日差しが強いのだろうか。

「横取りではない。古くより客人に領地を案内するのは領主の役目だ。俺が案内しよう」

「ええっ！　アゼルさんが？　いや、でもお仕事が忙しいのではありませんか？」

「問題ない。隠居の身だ」

けれど、遅くまでお仕事だったのでは――――とユイは口を開きかけてやめた。これ以上、厚意をお断りするのは失礼だ。

こうしてすでに準備してくれているのだし。

「ではお願いします」

「任せておけ。行こう」

部屋から出て一階へ下りると、きちんとエントランスからアゼルが出て行く。

それがユイには少し誇らしくて、嬉しい。

外に出ると、アゼルは隣に並んで歩きだした。

城の中では前を歩いて案内してくれていたので、なぜだろう。

――それにしても、やっぱりアゼルさんって大きいな。

横に並ぶと、アゼルとの年齢差以上に身長差があると思った。

周りから見たらどう見えるんだろう。兄弟？　主従？

「散歩に行って日の光を浴びなければ病気の原因にもなるし、足腰も弱る」

ついじっと見上げてしまっていたのを、ユイはアゼルの言葉でハッとする。

「……そうですね、ありがとうございます」

どうやら散歩に付き合ってくれた理由のようだ。

気を利かせてくれたのか、照れ隠しなのか、変な理由。

――犬の散歩みたいな……。

ユイもどきどきしている照れ隠しでそんなことを考えているのに気づいた。

しばらく二人で何の話もせずにもくもくと歩く。

けれど、それが嫌ではなくて、むしろ温かいというか、心地よかった。

アゼルはユイの歩幅に合わせてくれて、疲れることはない。

彼の優しさをそんなところでも感じた。

「この辺りまで来れば、よく見渡せる」

三十分ほどして、ゆっくり坂を上り小高い丘の上に着くと、一気に視界が開けた。

「すごい景色ですね」

元いた世界のように高い建物など何もない。

平原と森が点在し、見回すとフィギス城も見えた。

「あそこから来たのですよね？」

「その通りだ」

「あんな見た目をしていたのですね」

もともと開けた平地に建っていたので、フィギス城の外観が一望できる。

想像していたツンツンとした尖った塔の集まりではなく、大きな西洋風のお屋敷のような見た目をしていた。

手入れされた古城……なのだろうか、黄土色の表面からユイには遺跡のようにも見える。

隅々にある尖っていない丸い尖塔がちょこっと建物から出て見えて、何だか親しみがある。

「面白いお城ですね？」

「お前でもそう思うか。確かにフィギス城はグルナール王国の中でも変わっている。前の領主が珍しい物が好きで建てたらしいが、その建設費を捻出するために税を上げ、その時、領地からかなりの者が離れたと聞く」

城の歴史を交えて、隣に立つアゼルが説明してくれる。

おかげで丘の上は風が強いけれど、ユイにはあまり当たらなかった。

「今も税は高いのですか？」

「いいや、国の中で一番低くしている」

――じゃあ、どうして……。

カルナから聞いたアゼルが領民から怖がられているという話を思い出す。

税も安くて、必要以上に使用人を雇わなかったり節約家なのに。

確かに顔は怖いかもしれないけれど……。

「あっちが国境付近だ。あの奥に見える森が、お前の帰る場所と繋がっていると聞く」

アゼルの指さす先には、少し他と違うように見える青い森が広がっていた。

けれど、今のユイにはそれよりもアゼルのことが気になっていた。

――元騎士隊長だって言ってたけど……どうして辞めちゃったんだろう。

実はこっそり国境沿いを守ってる？

疑問が浮かぶけれど、それを口にするのは躊躇《ためら》われた。

「村はここから見えますか？」

「ああ、領民はホルバイン村に二百五人、外れの水車小屋に二人、住んでいる。秋には二人子供が生まれる」

アゼルが国境と逆の方向を指す。

その先にはぽつりぽつりと家らしきものがあり、煙突からは煙が幾つも見えた。あまり領地に姿を見せないとカルナから聞いたけれど、アゼルは村のことにも詳しそう。

「ウォーハルスト領は村までですか？」

「いや。村を越えると、大きな農作地帯がある、さらにその奥にある森を抜けて橋を渡るまでが領地だ。ここからではさすがに見渡せない」

どうやら一つの町ぐらいだと思っていたけれど、アゼルの領地はもっともっと広いみたい。

「二百人以上が住んでいる村って、大きな町なんですか？」

元の世界とは違いすぎて、比べようがなかったので聞いてみる。

「そう多い方ではないな。王都に近い場所や交易上重要な場所には千人規模の町がある」

それからアゼルは詳しくこの土地について説明してくれた。

国境沿いの辺境であり、接する国とは国交がないものの、数十年攻めてきたことはない。

ただ、そのせいで物は流れていかず、王都に近いわけでもないこの土地は、良い意味で平和。悪い意味では停滞していた。

アゼルが領主になってから、村の教会や市場など必要な施設は改築し、新たな商売も奨励している。

おかげで領民の数も、領地を通る商人の数も徐々にだが増え始めているらしい。

――領地を切り盛りするって……すごいことなんだ。

アゼルの説明を聞いて、ユイは領主の大変さに思いを馳せる。

人が住んで自給自足して、手を取り合って暮らしていく。

元の世界では実感できなかったこと。それが大変とはいえ、ここでは普通に行われている。

田舎で暮らせば、自分も実感できたかな……？

「大変なんですね、人が暮らしていくって」

「……お前は素直だな。皆がそうわかってくれれば楽なんだが」

何となく口にすると、褒められてしまった。

「アゼルさんも素直ですよ」

「そうか？　そんなこと言われたことがないな」

意外そうに答えたアゼルの顔は少し照れているように思えた。

「あれは、なんですか？」

他の建物とは違う青い屋根を指さす。

「燻製《くんせい》所や竈《かま》などの共同で使う場所だ。水車もそうだが、領民に開放しているから誰でも順番を待てば使える」

――何でも作り放題!?　夢の自給自足が気軽に……。

ついつい目が輝く。

「私もアゼルさんの領地の人になりたいです」

「お前がか？　歓迎はするが……村ではなく城に住んでくれ」

「豪華ですね。城に住んで田舎暮らしなんて……毎日、自家農園で美味しいものを食べさせてあげますね……あっ」

そこまで口にして、自分の言っていることに気づいた。

城に住んでくれと言われて、毎日美味しいものを食べさせるって答えて……なんだか……プロポーズみたい。

頬がさっと熱くなっていく。

「冗談ですよ。少し調子に乗りすぎてしまいました。すみません……」

アゼルの顔が見られない。きっと今の様子で気づかれてしまっただろう。

「気にするな」

しばらくまた穏やかな沈黙を味わっていると、そこにいきなり遠くから何か大きな音が聞こえてきて、ユイは飛びあがった。

「な、なに⁉」

それは徐々に沢山の騒がしい音とともに近づいてくる。

「えっ……綿？　なわけないよね？」

丘を登ってくる曇り空ぐらいのもこもこは、近づいてくるとメェェ！　と鳴き声を上げた。

「すみませーん、羊が逃げてしまってー、避けてくださーい」

一塊になって進んでいる羊達の後方を見ると、羊飼いらしき男性と牧羊犬が群れを必死に追いかけていた。

「ジョセフか⁉」

アゼルがジョセフと叫んだ男の人は、褪《あ》せた色のシャツに袖のないベストを着ていた。

身体は細く、灰色のくしゃっとした帽子をかぶっている。腕には羊飼いの杖《つえ》を持ち、それを腕いっぱいに伸ばすようにして懸命に走っていた。

――本物の羊飼いだ。すごい……。

「危ない。移動するぞ、ユイ」

真っすぐに向かってくる羊の群れ、アゼルはユイの前へ庇《かば》うように立った。

――スローライフの象徴……羊……！

いい、とてもいい‼

できることがあれば協力したい！

「早く捕まえないと大変です」

ユイは目を輝かせて、アゼルの腕と足の間から抜けだし、羊に向かっていった。

「危険だ、ユイ！」

麦藁の帽子を留めていたスカーフがほどけ、丘の上に落ちる。慌てて追いかけようとしたアゼルがそれにより足を止めた。

ユイは羊の群れに接近すると、精一杯腕を広げて動物達の動きを止めようとする。

けれど、いつもと違う場所に興奮した羊は速度を落としたものの、進み続けた。

――――あぁ、羊まみれになりそう、全然止まらない。

このままだと羊達にもみくちゃにされてしまう。

観念して目を閉じた瞬間、鋭く吠《ほ》える犬の声が聞こえてきた。

おそるおそる見ると、羊達は見事に動きを止めている。ユイの側には、牧羊犬が守るように尻尾《しっぽ》を振りながらぐるぐると回っていた。

「すごい。お利口。ありがとうね」

手を伸ばして、牧羊犬の頭を撫でる。ハウスクリーニングではペットがいる家も多いので、動物の扱いは慣れている。

くぅぅんと牧羊犬が甘えた声を出した。

「すみません……ありがと……ございます」

羊飼いのジョセフがやっと追いついてくる。

全力で走ってきたのか、膝に手をつき、息を整えている。

「大丈夫ですか？　お手伝いしますよ」

「……できれば、お願いできますか？　柵が壊れてしまって。丘の下の方にありますから、あちらに追い立ててもらえると助かります。クーノー、この犬がほとんどやってくれるので、はぐれた羊をお願いします」

「任せてください」

二つ返事で承ると、ジョセフが合図してクーノーが走りだした。

牧羊犬が見事に羊の群れをコントロールして、丘を下っていく。

数匹、そこから逃げたというか、はぐれた羊達が草原にぽつぽつと現れる。

「怪我はなかったか、ユイ。肝を冷やしたぞ」

帽子を拾い、やや出遅れたアゼルはもう追いついて隣に来る。

「すみません、羊や動物は好きで、つい」

「そうなのか、意外だ」

彼は、怒ってはいないようだ。

安心すると、ジョセフに頼まれた仕事に取りかかろうと腕を捲《まく》り上げる。

「群れからはぐれた羊を案内する役目を仰せつかりました。アゼルさん、手伝ってください」

「あ、ああ」

無意識にアゼルの大きな手を取ると、平原に取り残された羊に向かっていく。

そこからは彼の大活躍だった。

ユイが手を伸ばし、声を上げても羊はまったく動じないのに、アゼルが一睨《ひとにら》みするだけで羊はすごすごと後ずさり、反対側に逃げていく。

それを何回か繰り返していると、丘の下の平原に設置された放牧用の柵に、羊達は自分から入っていった。

最後には、怯えて硬直して残った四匹の羊を、アゼルが同時に抱えて柵の中に入れる。

持ち上げる時は軽々と、下ろす時はふわり。心得たような扱いだった。

「よし、終わったー」

――――後半は私まったく役に立っていなかったけれど。

主にクーノーとアゼルの功績。

ほっとした様子で羊飼いのジョセフが近づいてきて、帽子を取ると頭を下げる。

「大変助かりました。ありがとうございました……って、りっ、領主様ぁ⁉」

途中で手伝ってくれたのが領主のアゼルだと気づいて、声を震わせる。

「災難だったな。柵はすぐに新しい木材を持ってこさせよう」

領民に向かって領主が普通に声をかけたやりとり。けれど、ジョセフはアゼルを見てさらにブルブルと震えだした。

ユイの感想ではかなり優しく声をかけたはずなのに。

「別にアゼルさんは怒ってませんよ。顔が怖いだけです」

「そ、そうなのですか？」

信じられないとばかりに、ジョセフがそっとアゼルの様子を窺《うかが》ってすぐに目を逸《そ》らす。

「ですよね、アゼルさん」

本人から言わせないとわからないのかも。

「これが普通の顔だ。お前を怖がらせるつもりは毛頭ない」

「そうだったんですか、確かにいつも怖い顔ですもんね……じゃなかった。今のは冗談で」

「気にするな。慣れている」

ユイが笑うと、少し場は和んだけれどやはりジョセフの緊張は取れていないようだった。

するとそこへ仕事を完璧に終えた牧羊犬のクーノーがタッタッと走ってやってくる。

「クーノー！　お利口さんでしたね～、大活躍でしたね」

――――本当にお利口さん！

ユイは反射的にしゃがみこみ、ユーノーを沢山撫でて褒めた。

牧羊犬は短い尻尾を激しく振って喜んでいる。とても可愛い。

「………俺も結構役に立ったと思うが」

その様子を見ていたアゼルがぼそりと呟くのが聞こえた。

「えっと、アゼルさんも褒めて欲しいのですか？」

ユイは功労者のアゼルも平等に……と、おそるおそる彼の頭を撫でようとした。

手が届かないでいると、彼が屈んでくれたので、頭へ手をのせてぎこちなく動かす。

「………」

足りないみたいだ。少し不満そう。

「ア、アゼルさん……偉かったですね～？」

「これは変な図だな」

もう一度撫でたところで、アゼルの顔が赤くなったのがわかった。

何だかやったユイ自身も照れてしまう。すると、今度はアゼルの手が伸びてきた。

「お前も偉かった。走る羊を怖がりもせずよくやった」

「え、えぇ……！」

――こ、これは恥ずかしい。とっても。

真っ赤になっていると、アゼルがハッとする。誤魔化《ごまか》すように、もう一方の手に持っていたユイの帽子を頭に載せてくれた。

「……帽子を拾っておいた。返そう」

スカーフを器用に結んでもくれる。けれど、アゼルが何やら悩みだした。

「もう少し顔が見えた方がいいか……」

彼は帽子の角度にこだわりを持ったみたいだ。

「あの……アゼルさん？　恥ずかしいので早くして欲しいのですけど……」

顔が近い。何だかとっても意識してしまう。

「もう少し待て。やはり少し隠れた方が……いいのか？　どう思う」

「というか、これでいいです！　私にも帽子の向きなんてわかりませんから」

恥ずかしすぎてアゼルから視線を逸らすと、そこには二人の様子を見てぽかんとしたジョセフの姿があった。

「もしや、ついに奥様をお迎えになったので……！　気づかずにすみません」

とんでもないことを羊飼いが口にした。

――はっ？　オクサマ……？

その響きに時が止まる。

すぐに意味がわかってユイは口を開いた。

でも、先に風に乗ったのはアゼルの声……いや、いい勝負だ。

「違う！」

「違います！」

二人で声をそろえて否定する。ユイはさらにまくし立てた。

「奥様なわけないですよ、ど、どう見たらそうなるのですかっ！　こんな強くて優しい人に守られて旦那様なんて贅沢ですよ」

「妻なわけないだろう、こんな働き者で可愛くて抱きつぶしそうな姫を、俺が迎えられるわけないだろう！」

次の言葉はかぶらなかったけれど、早口で順々に叫んだところでジョセフが目を細めた。

いいですねーとか言ってそうな瞳の輝きだ。

今、焦って口にしてしまった言葉を頭の中で反芻すると、かなり恥ずかしい。

アゼルもばっちり聞いていたのか、照れているようにも見えるし。

――アゼルさんも……働き者で可愛くて抱きつぶしそうな姫って……。

姫って何ですか……！

「今のは違っ……ええと、ですね。私はただお世話になっているだけといいますか」

「俺は世話をしているだけだ！　目が離せないからな」

そうだとばかりにアゼルが否定してくれた……と思ったけれど、誤解されそうな発言。

「ああ、誰かに取られないように婚約したばかりの関係ですね。おめでとうございます」

合点がいったようにジョセフが手を叩く。

「違う！」

「違います！」

またかぶった。

今度は綺麗にハモって、顔が二人ともさらに真っ赤になる。

違うのに、アゼルを意識してしまう気持ちがくすぐったくて恥ずかしい……。

懸命な否定で、やっと話題から解放される頃にはジョセフはもう完全にアゼルに怯えていなかった。

笑いかけてさえいる。

「領主様がこんなに気さくな方だったとは〜。怖かったのは顔だけだったんですねー」

――――よかった、わかってくれて。ヘンな勘違いはされちゃったけど。

「けれど、残念ですね。ユイ様がずっとここでお過ごしになるなら、この子をぜひもらっていただきたかったのに。ほら、クーノーもそう言ってます」

再びクーノーがやってきて、その口には自分の子供をくわえていた。

まるで、ユイに見せにきてくれたかのようだ。

「今年生まれた子犬か、十二匹生まれた子羊の方は元気に育っているか？」

たぶんユイにしかわからないのかもしれないけれど、アゼルが目を細めながら子犬を見て、ジョセフに尋ねる。

「今年は病気もなく元気ですよ……って、もしかして領主様は毎年村で生まれた羊の数を覚えているのですか⁉」

すらりと数字を言ったアゼルに羊飼いが驚く。

「当然だ。牧草地の割り振りなどに必要だからな。申告してもらっている。もちろん、何らかの事情でいなくなった家畜についてまでは把握していないが」

そういえば、村に住んでいる人の数もやけに細かかった。

もしかすると、アゼルは村ごとの統計をすべて記憶しているのかも。

「……ぼくらのことに興味がないと思っていました」

「領民を思わない領主はいない。いたとすれば、そいつは領主の資格がない」

「あの……実は困っていることが一つありまして……この機会にいいですか？」

やがて、二人は真剣な顔で村に関する話し合いを始めた。

少し前の怖がるジョセフと距離を取るアゼルとは大違い。

――二人の様子、なんだかいいな。

領民になれば、こんな風にずっとアゼルが気にかけてくれるのかな。

「すまない、ジョセフとの話は終わった。餌やりをするらしいが、お前がやってみるか？」

「やります、やりたいです」

ユイはアゼルから羊の餌を受け取った。すると……。

すると、彼が持っていた時は寄ってこなかったのにぞくぞくと羊が寄ってきた。

「ちょっと待って……今、あげるから！」

メェ、メェ――くれくれと鳴く羊にユイは囲まれてしまった。

※　※　※

「待って、順番です！　順番に……！」

「メェエ～」

羊にもみくちゃにされるユイを見ながら、アゼルは顔が緩むのを感じていた。

――勝手に心を開く不思議な娘だ。

目が離せない。

ああ、羊に突進された……。

ユイの一挙一動は珍しくてずっと見ていたくなる。

親や兄のようなつもりでいたが、ジョセフは嫁だと感じたようだ。

「…………」

――いや、いくらなんでも奥様はない。

ないが……あり、だ。

冷やかされるのは苦手であるが、悪い気はしなかった。

『奥様なわけないですよ、ど、どう見たらそうなるのですかっ！　こんな強くて優しい人に守られて旦那様なんて贅沢ですよ』


ユイのさっきの言葉が耳に焼きついている。

心躍る賛辞だ。忘れないように帰ったら何かに記さなければならない。

あれは本音だったのだろうか……。

そうやって良い方に考えてしまうのは、アゼルもまた焦り口に出したのは本音であったから。

『妻なわけないだろう、こんな働き者で可愛くて抱きつぶしそうな姫を、俺が迎えられるわけないだろう！』


働き者は本当だ。

可愛いのも本当だが、抱きつぶしたらユイが苦しむ。

ただでさえ、アゼルはユイより力があるというのに――――！

いや、でも抱きつぶしたい感じは嘘ではない。

抱きつぶすを撤回して、抱き締める……にしたらどうだろう？

いやいや、馬鹿な！

将来の約束すらしていない姫を抱き締めたら駄目だろう！

己の暴走していく思考に焦る。

愚かしいとわかっているのに、想像するのを止められない。

ユイがこのまま隣にいたら、領地での生活は一気に華やぐだろう。

「……っ！」

いや馬鹿な。

――俺は何を考えている。

ユイはすぐに帰ってしまうのだぞ！

アゼルはおろおろとユイに背を向けた。

すると、ジョセフがアゼルが放置していたバスケットを手に近づいてくるところで――。

「領主様、ここで昼食にしてはいかがですか？　景色も綺麗ですし、今、場所を作りますよ」

敷物を広げられて、その上にちょこんとバスケットが置かれた。

領民からこのような扱いを受けたことはない。

「……ああ、助かる」

「今、ミルクとチーズをお持ちしますね。チーズはぼくが作りました。ぜひ、食べていただきたいです」

くるくるとジョセフはよく動いて好意的だった。

木のカップに入ったミルクが二杯、大きなチーズが二切れ、皿に載せられてすぐに置かれる。

アゼルは感動の面持ちでそれを見た。

「ごゆっくり！」

礼を言う前にジョセフはクーノーを連れて走っていってしまう。

――今日は、おかしな日だ……。

ジョセフがこんなに気さくに口を利いてくれるなんて、知らなかった。

今朝の侍女の様子も変だった。

カルナはユイの世話を頼んだ時は死刑宣告を受けたように蒼白《そうはく》な顔をしていたのに、夜は予定時間よりも長くいるし、喜々として通ってきている。

「ユイが来てから……」

何かがうまく回っている気がした。

「ユイ、昼食にするぞ」

「はーい！」

羊にもみくちゃにされていたユイを救い出し、柵の横にある水汲《みずく》み場で手を洗うように指示をする。

「食事の前に手を洗え、犬の毛がついている、羊の毛もだ」

アゼルは出かけた時と変わりないか、ユイの姿を細かく確認した。

目を凝らして、ついている毛を取ってやる。

「……アゼルさん。私、子供じゃありません」

「ああ、そうだったな。すまない」

ユイがパンパンと身体を払う仕草が可愛らしい。

手を出して手伝ったら、また怒られるだろうか。

いやでも、ちょっかいはかけたい気分だ。

ぐっとこらえて、敷物の上へとユイを誘う。

彼女は動いて腹が減ったのかよく食べて、よく飲んだ。

実に好ましい。

「このミルク、濃くて……わぁ……感動の味です。羊……ですか？」

「いや、山羊《やぎ》だ。丘の方で飼っている」

言われてみると、城で飲むものより美味しい気がする。

「新鮮なものを飲み放題ですね」

「ああ、ここに住めば毎日だ」

そうだ、その通り――――！

言い放ってから、アゼルはハッとした。

――何が〝ここに住めば毎日だ〟だ、永住しろと誘っているのか。

だが、そんな葛藤にユイは気づかない様子なので胸を撫で下ろす。

もっとマシなことは言えないのか！

己を叱咤し、発言を注意深くと言い聞かせると、途端に話題がなくなった。

「…………」

ユイがチーズを絶賛してから、バスケットにあるチキンを手に取り、小さな口でかぶりついている。

「んっ……チキンの味付けも最高です」

「養鶏場もある、そいつはきっと、今朝絞めたばかりの……はっ！」

――――婦人にこの手の話はよくない。

「……言わない方がいいな。怖いだろう？」

「いいえ、可愛がっているものを美味しくいただくのが贅沢な自然の恵みです」

ユイの笑顔にアゼルの中にある何かが溶けていく。

「――――変わっているな、お前は」

彼女と過ごす時間の前では、悩みごとなどどうでもよく思えるから不思議であった。

【第三章】シャンデリアとお茶会と畑「夢が叶いました！」

翌日の朝食後、ユイは自室の扉に張り付き、屋敷に聞こえてくる音に耳を澄ましていた。

――この足音は……違う。もっと大きな……あっ、これだ。

何をしているのかというと、アゼルが城を出て行くのを確認していた。

今日はできれば彼には気づかれずにしたいことがあった。

――行った？　一応十数えてからにしよう。

ゆっくり十秒数えると、自室から出てカルナを呼びに行った。

今日は自室で静かにしていると伝えてあったので、地下の使用人フロアで休んでいるはず。

部屋にあるベルを鳴らして呼んでくださいと言われていたけれど、ベルはどうしても使役する感じが強くて、遠慮したかった。

静かな城をエントランスからさらに下りて、地下へ。

上に比べると薄暗いけれど、清潔感のある木製の廊下に降り立つと、すぐに長いテーブルに木の椅子が並べられた使用人の食堂にたどり着いた。

そこにカルナの姿を見つける。

「ユイ様、ご自分からどうなさったのですか？」

一緒に休んでいた使用人達が一斉に立ち上がろうとするのを、慌てて制した。

「休んでいるところ、ごめんなさい。たいしたことじゃないからみんな気にしないで」

「ですって。ユイ様のご要望通りにしましょうよ」

使用人達はそれでも腰を浮かせたままだったけれど、カルナがまず座ってそれに皆が続いた。

「ここ、失礼しますね」

空いているカルナの隣を指して、腰をかける。

「さっそくだけれど、今日やりたいことあるの」

緊張しなくていいと皆に言いたかったけれど、それはカルナ以外の人達には無理そうだ。

ユイはさっそく本題に入ることにした。

「あら、なんでしょうか？」

「エントランスにあるシャンデリアを下ろして、掃除したいと思うの」

ずっと気になっていた。

けれど、異なる世界から来た人に過保護なアゼルに言えば、絶対に反対されるだろう。だから、彼が出かけるのを待って行動に移すことにしたのだ。

どうにも自分が掃除したスペースで掃除できていない場所があるのが落ち着かない。

それにアゼルへ何かもっと恩返しがしたかった。

「シャンデリアをですか？　うーん、難しいと思いますね。私が知っている限り掃除したことがありませんもの」

　その場にいる人達全員が頷く。

「誰か、シャンデリアの下ろし方を知ってるかい？　もしくは掃除した経験は？」

　カルナがユイに代わって使用人に聞いてくれるけれど、誰も口を開かない。

「下ろし方がわからないのでは、無理ですねえ。あんなに高いところに届く椅子はありませんし、天井から吊り下げられているので梯子《はしご》も使えません」

「何か方法はないですか？　アゼルさんにお礼も込めてエントランスは隅々まで綺麗にしたいんです。絶対に一人で掃除しますから！」

　ユイの真剣さが伝わったのだろうか。

　その場にいた全員がその無理難題を考えてくれる。

「シャンデリアの清掃方法はしりませんが、知っている可能性のある者ならばわたしに心当たりがあります」

　いつの間にか食材を抱えたマドックが入り口に立っていた。

「マドックさん、本当ですか⁉」

「はい。今の使用人は勤めてまだ数年という者がほとんどです。執事のレドリーさんもアゼル様にスカウトされた方ですし、カルナさんより古い方はこの中にいません。けれど、ずっと前からこの城に勤めていた者が一人だけいます」

「森番の爺《じい》さんかい？」

カルナの問いにマドックが頷く。

「……？」

もりばん、という聞きなれない言葉にユイが首を傾げていると、カルナが教えてくれた。

「森番っていうのは、そのまんま。城の敷地内にある狩猟用の森を管理する仕事のことですよ。城や村ではなく、森の小屋で暮らさなくてはいけないんで、あまりやりたがる人がいないんですよ」

猟師ともまた違うみたい。

本当に森の番人というところだろうか。

「では、その方に聞けばわかるかもしれないんですね」

さっそく会いに行こうとしたけれど、カルナが難しい顔をした。

「森番というのは、さっき説明させていただいたように孤独な仕事なんですよ。だから、人見知りで、偏屈な者が多い。会いに行っても、追い返されるかもしれませんねえ。そもそも森番がシャンデリアの下ろし方なんて知っているとは思えません」

――それでも他に方法がないなら、会いに行くしかない。

シャンデリアの掃除のためなら、努力なんて惜しまない。

「それでもいいです。どこに行けば会えますか？」

ユイはマドックに尋ねた。

「たしか、わたしが以前訪ねた時は……森の南側、湖の近くに小屋がありました」

カルナが急いで持ってきてくれた城の地図を、マドックが指さす。

ユイはさっそくそこへ向かうことにした。


城を出て、徒歩で森に向かう。

一人で行くつもりだったけれど、心配したマドックとカルナがついてきてくれた。

小屋を探すのにかなり苦労すると思ったけれど、鳥が集まる小さな湖のほとりであっさりとそこを見つける。

一見ぼろぼろだけれど、しっかりとしたログハウスのような見た目で、周りには網や動物を捕る罠《わな》のようなものが置かれていた。

「突然、失礼します。私、アゼル様のご厚意で城に滞在しているユイと申します」

先に挨拶をしてくれるといったマドックを断り、ユイが最初に小屋の扉をノックした。

「聞きたいことがあって、お訪ねしました」

扉の奥の反応を探ったけれど、物音一つしない。

不在のようだと思った時、キィと音を立てて扉が少し開いた。

「ユイと言ったか？」

中からくぐもった声が聞こえてくる。

「はい。ユイは私です」

「入りな」

扉が大きく開くと、ユイは躊躇わずに入った。

中央奥に大きな暖炉があって、側には犬が座っている。家具は少ないけれど、すべて木製で、何だか温かみがある空間だった。

森番のお爺さんは、背が低く、腰が曲がっていたけれど、身体はがっしりとしている。長い髭《ひげ》を生やして、目のしわの中に埋もれるような細い目があって、優しそうな人に思えた。

なんだか、アゼルと通じるものがある。

一人心の中で微笑んだ。

「改めまして、ユイと申します」

「知っとるよ、ジョセフから聞いとる。あいつはわしの孫だ。世話になったな」

「羊飼いのジョセフさんの？　そうなんですか」

確かにどことなく似ているところが……ない、かも。

「で、こんな老いぼれに聞きたいこととはなんだい？　若奥様」

何だか色々間違って伝わってるようだけれど、否定すると面倒な気がしてそのまま続ける。

「シャンデリアの下ろし方とか……知りませんよね？」

「知っとるよ」

「ですよね。普通、そんなこと知らない……えっ？」

もともと諦め気味だったので、まさかそう答えられると思わなかった。

「森番がなぜって顔をしとるな。こう見えても昔は城の中で働いておったのじゃよ。ヘマをして前の領主に追い出され、森番になったがのう」

ほっほっほっと髭を触りながら笑う。

「教えてくれませんか？　シャンデリアを下ろす方法」

「孫が世話になったことに比べれば、お安いこと。エントランスの右側の石像の後ろにレバーがある。それを回せば下りてくる。さび付いていなければ、だがのう」

カルナとマドックの顔を見ると、二人とも頷いた。

確かにエントランスには大きな獅子《しし》の石像があったはず。

「ありがとうございます、お爺さん。本当に助かりました。ありがとうございます」

お爺さんの手を取って、何度もお礼を言う。

ついでに森番についての話をたっぷりと聞くことになった。

「結婚式には、わしが育てた特上の鴨《かも》を届けるよ」

いい加減帰りましょうとカルナに促されたユイは、森番のお爺さんに見送られ、城に戻った。

城に戻ると、アゼルが帰る前にと、ユイはさっそくシャンデリアの掃除の準備をした。

ここに来た時に着ていた紺色のワンピースを着て、エプロンをつけ、秘密兵器のベルトを腰に巻く。

そして、まずはシャンデリアの真下に布を敷いて、埃が床に落ちてしまわないようにした。

「お願いします」

獅子の石像の後ろはすでに確認済みで、きちんと回転式のレバーを見つけることができた。

使用人達は、存在は知っていたけれど、何のレバーかわからず触らずにいたらしい。

ユイの合図で男性の使用人にレバーを回してもらう。

けれど————。

「動きませんね」

シャンデリアは揺れもしなかった。

「ちゃんと回しているのか、わたしが見てきますね」

カルナがレバーのところへ行く。聞こえてくる会話から、どうやら固すぎてレバーが動かないらしい。

「少し交代しな」

そんな声が聞こえてきて、カルナが腕を捲り上げる。

しかし、それでもシャンデリアはぴくりとも動かなかった。

「ユイ様、これは駄目ですねえ。長年使わなかったせいで、さび付いてしまったのかものすごく固いです。あとは……男手を集めて、レバーにロープを括《くく》り付けて回せばもしかして」

カルナが代わりの方法を考えてくれたけれど、ユイは首を振った。

「……ここまできて残念ですが、諦めます。あまり大事にはしたくないので」

「そうですね。アゼル様の許可を得ていませんし」

シャンデリアを掃除したいというのは、綺麗にしたいお礼がしたいという自分だけの願望。

これ以上、続けられなかった。

すでにだいぶ巻き込んでしまったわけだけれど。

「落ち込まないでくださいな。森番の爺さんに会えたり、秘密のレバーを見つけたり、なかなか面白かったですよ、今日は」

慰めてくれたカルナの言葉に、手伝ってくれた周りの使用人も頷く。

片付けをしようとした時、エントランスに誰かが走って入ってきた。

「ユイ、無事か！　怪我はしていないな！」

アゼルだった……。

さすがにユイの行動はアゼルの耳に入ってしまい、慌てて戻ってきたのだろう。

申し訳ない気持ちでいっぱいになる。

ユイは、正直に今日一日の話をアゼルにかいつまんで話した。

「ごめんなさい、勝手に。シャンデリアを掃除して、少しでもアゼルさんの役に立ちたくて」

「お前は侍女ではない。好きに過ごしていいのだぞ」

俯くユイに近づいてくると、怒るどころか優しく肩に手が置かれる。

「好きなことを……今までのお礼に掃除が、したいんです」

なぜ自分が、こんなに頑なになってしまっているのか――わからない。

お世話になったから……という心だけではないのには、とっくに気づいていた。

「エントランスを綺麗にしたいのなら、給金を払い、誰かにやらせれば良い」

肩に触れてくれているアゼルの指が抱き締めるように引き寄せようとして、止《や》める。

「そうではなく、私が……自分の手で残したくて……アゼルさんのために……」

――――アゼルさんのため？　私のため……？

どうしてこんなにムキになってしまったのだろう。

アゼルのためと言ってしまってから、ユイはわからなくなった。

「俺のため……？」

――――最初は、そうだと確信したのだけど……。

力なく頷くと、じっとユイを見つめていた彼の指に力が入る。

そして、そっと肩を放した。

「これがシャンデリアを上下させるレバーか……皆、下がっていろ」

おもむろにレバーに近づくと、それを握る。

「……アゼル……さん？」

「ふんっ」

軽く気合いを入れた声を発し、アゼルがレバーを回した。

「確かに……これは……固いな……」

しかし、驚くことにガリガリと音を立てて、シャンデリアが少しずつ下がっていく。

やがて床の上に敷いた布の上へ近づいていく。

「わあっ！　えーと、そのぐらいで止めてください」

全部置いてしまうと下側の装飾部分を傷めてしまうかもしれない。

ユイの声に従って、アゼルはシャンデリアを止めてくれた。

「ありがとうございます！　これで掃除できます」

さっそく下ろされたシャンデリアに近づいて確認する。

やはり埃がかなり積もっていた。これは掃除のしがいがありそう。

「その顔がいい。お前の目を輝かせた顔が好みだ」

「えっ……」

思わず、アゼルの顔を見る。

「な、なんでもない」

――私の顔が……好み？

真意を確認しようとしたけれど、アゼルは視線を逸らしてしまった。

「早く始めろ。まだ危険がある。俺も立ち会う」

「……お仕事はいいんですか？」

「残りは書類だけだ。ここでやる」

迷惑をかけっぱなしだから、もう厚意に甘えるしかないと決意して、ユイは掃除を始めた。

――感謝の気持ちはピカピカのシャンデリアで返します！

心に誓うと、さっそく埃を払い始めた。

埃は軽く全体をはたきで飛ばし、敷いた布の上に集める。

細かいところは埃の吸着性があるベアール特製のハンディモップで掃除していく。モップ部分が曲がるので角や細いところにも使える。

——それにしてもすごい精密な装飾。いくらするんだろう。

フィギス城のシャンデリアは、ほとんど見えない部分にまで装飾が細かく入っていた。蠟燭《ろうそく》立《た》てには天使を象《かたど》った銀の小さな像、その周りの蕾状のガラスにも細かく意匠が施されている。芸術品と言っても過言ではなかった。

埃をすべて取り終えると、ガラス部分をすべてマイクロファイバー製の布で拭いていく。装飾のガラス玉も全部丁寧に拭いた。

——これが明かりをキラキラと反射するんだ。ピカピカになったら綺麗だろうな。

しかし、その時、磨いていた雫《しずく》形のガラス玉の一つが割れてしまっているのに気づく。

「あっ……」

「どうした?」

床で、書類に目を通していたアゼルが反応する。

気づけば、二人以外はエントランスからいなくなっていた。

「これ、欠けていて」

手元にあるガラス玉をアゼルに見せる。

「待て……それなら……確か……倉庫の中の目録を作る時に見た。あれはシャンデリアの交換品だったか」

記憶をたぐり寄せるようにして、アゼルが答える。

「本当ですか。できれば、完璧にしてあげたいです」

「すぐに持ってこさせよう」

使用人を呼び、さっそく指示してくれる。届けてくれるのを待つことにした。

その間、ユイは手元のシャンデリアから外したガラス玉に視線を落とす。

――まだ綺麗なのに……もったいないな。

その欠片が急に愛《いと》しくなった。

だからだろうか、欲しがってしまったのは――。

ユイは気づけば口を開いていた。

「欠けているこのガラス。もし捨ててしまうなら、良ければ私にくれませんか?」

「ああ、かまわないが……何に使うんだ?」

「記念に……です」

――アゼルさんに出会った記念に。忘れてしまいたくないから。

一日一日、過ぎる日数よりも帰るまでの時間が短くなっていく気がしていた。

だから、この世界に来た記念が何か欲しかった。

「記念に何か欲しいなら、そんなものではなく、宝石ぐらい買ってやれる」

「これがいいんです……」

高価なものは気後れしてしまう。もっと、何でもないものだけれど思い出を詰められるものがいい。

――――私……変だ。

――――記念なんて……いくら素敵でも、掃除のお客様のものに興味を持ったことなんてないのに。

「……わかった。やろう」

そう言うと、アゼルが近づいてくる。

胸元から懐中時計を取り出すと、その鎖を外してガラス玉に通してくれた。そして、ネックレスにすると首にかけてくれる。

「鎖はアゼルさんの大事なものではないですか？　もらえません」

首を振りながら断ったけれど、アゼルも譲らなかった。

「俺も……残したいからな、お前のもとに何かを」

アゼルが大きく息を吸い、決心したように口を開いた言葉。

ユイは動きを止めた。

――――アゼルさんも……残したいって、思ってくれている……。

「ありがとうございます。大事にします」

だから、ユイは受け取ることに決めた。

途端に嬉しさが胸に溢れてくる。

アゼルから、かけがえのないペンダントをもらったように意識してしまう。

本当に大事にしよう……。

これなら服の下でも身に着けることができるし。

――これを見る度に、元の世界に戻ってもアゼルさんのこと思い出すのかな。

そう思うと、胸が急にきゅうっと締め付けられ、苦しくなった。

※　※　※

アゼルは明かりを点したシャンデリアを見上げていた。

恐縮するユイを宥《なだ》めて、半ば強引に火を入れたものである。

――こんな輝きが眠っていたとは……。

どんな客を招いてもおかしくない美しいシャンデリア。

ユイはどれだけアゼルの心に明かりを点せば気が済むのだろうか。

「…………」

エントランスにはアゼル一人だった。

疲れたのか、遠慮しているのか、ユイは早々に部屋へと戻ってしまい、明日まで顔を合わせることはなさそうなのが残念である。

「……残念、なぜだ？」

自問自答する。

子供でもわかる感情だ。

ユイをかまいたくて仕方がないのは、一緒にいたくてたまらないのは……。

惹《ひ》かれ始めているからだ。

「………」

アゼルは鎖のない懐中時計を懐から出した。

一生この鎖を新しく買うことはないだろう。

なくさないように、壊さないように、大事に胸へと入れて守ることになるだろう。

古びないように磨き、忘れないようにしまい込んだりはしない。

ずっと、離れていても気持ちは一緒だ。

ユイが欠けた飾りを欲しいと言った時、突き上げるような喜びがあった。

ここでの思い出として、楽しい記憶として、彼女の首に残りたい。

鎖をかけた時、飛翔《ひしょう》するような達成感があった。

彼女の身にアゼルの証《あか》しを残す。

残したいと願った。

できることなら、誰に怯えられても、ユイをこのまま城に鎖でつなぎ留めたいとも……。

ああ、なんて危険な思考だ。

「……っ！」

アゼルは首を振った。

いい領主でいたいと考えていたくせに、ユイ一人に翻弄されてしまっている。

だが、それが心地よい。振り回されるやり場のない感情――――。

自分らしくないことをして、自分らしくないことを言ってしまう。

ユイの中にも戸惑いが見えた。

彼女もそうだとしたら、らしくないことをしているのだとしたら……。

——俺は自惚《うぬぼ》れてもいいのか？

アゼルをずっと覚えていたくて、雫形の欠片《かけら》を欲しがったりしたのだと。

「ユイ……」

今さら、自制などして距離は取りたくない。

過ごすひと時がもったいないから——。

「重症だな……」

小さく呟き、アゼルは目細めてシャンデリアの明かりを滲ませた。

※　※　※

シャンデリアの掃除をした翌日、滞在はあと三日。

さすがのユイもやりすぎたと反省し、心配させないようにと掃除はしないようにした。

けれど、変わったのはユイだけではなく――――。

「いい天気だな。庭に出て紅茶を楽しんでもよかったな」

隣に座るアゼルの言葉に、ユイも微笑んで返した。

以前は、使われていなかった食堂の隣の部屋。そこは使用人達によって綺麗にされ、最上の応接間《ドローイングルーム》となっていた。

部屋の奥には白い石材と大理石で作られたお洒落《しゃれ》な暖炉、壁には絵画と調度品を並べた棚、統一感を保ちながら所々が違う椅子と小さなテーブル、ソファがちりばめられている。

床には、薔薇《ばら》模様の赤と紫のふかふかの絨毯《じゅうたん》が敷かれていた。

大きな窓からは、午後の暖かい光が燦々《さんさん》と降り注いでいる。

元の世界に戻ったら一生味わえない時間。

「今度、天気がいい日はそうしましょうか？　いい場所を探しておきます」

二人の腰掛けるソファの前に置かれた低いテーブルの上には、紅茶の注がれたカップと、三段になっている皿に盛られたサンドウィッチ、スコーン、ケーキ、フルーツ――いわゆるアフタヌーンティの最中。

ユイは桃色と白の縞模様をしたドレスを身に着けていた。

普段着のドレスと言いながらカルナが合わせてくれたけれど、どのあたりが普段使い的なのかわからない。

七分袖の先は肘から手首にかけてレースが扇のように広がっている。

裾は転ばないように足首までにしてもらったけれど、お城でドレスでお茶会というのが、はまりすぎている恰好だった。

髪はハーフアップに丁寧に結われ、金の髪飾りで留まっている。

一方のアゼルも普段着とは思えない凛々《りり》しい恰好だった。

光が当たると銀の模様が躍る灰色の上着に、アイボリーのクラヴァットといった姿。

ユイに付き合ってくれているのか、お茶の席だからとかしこまった恰好で、領主様とか貴族様っぽくてドキドキしてしまう。

彼の手にティーカップは小さく見えて、それを優雅に口元へ運んでいるのがなんだか楽しい。

「この後、二人で探せばいい」

二人で、という言葉に反応して顔を伏せる。

何だかアゼルが別人になってしまったかのように、その言葉、その動きを度々意識してしまう自分がいた。

――何だかとても変。

それもこれもアゼルがだんだん過保護になってきたせいだった。

屋敷を探索していると、彼はユイを大声で捜し、慌てて向かうと血相を変えてやってくることが何回かあった。

最初は怒られるのかもと思ったけれど、違うようで、過保護すぎるだけだと慣れてきた。

――まるで私のことを大切な家族みたいに。

それだけではなく、アゼルの一番の変化は早朝と夜にしか出かけなくなったこと。

心配して、領主のお仕事は大丈夫なのか尋ねたことがあったけれど、もともと隠居の身であるし、外に出る必要のある仕事を効率よくこなしているだけだから問題ないと言われた。

彼の言葉が、半分真実で、もう半分はユイへの気遣いだということはさすがにわかる。

仕事の邪魔をしてしまっていることに気がとがめつつも、会う時間を長くしてくれているのなら嬉しかった。

――もうすぐここから去らなくてはいけないのだから。

「どうした？　何か悩みごとか？」

顔を上げると、彼が心配そうにユイを見つめていた。

そうされるとまた胸が苦しくなる。

――アゼルと少しでも長く一緒にいたいと思っている、私。

「まさか……」

心の中をのぞかれてしまったのかと思い、ドキッとする。

「どこかをまた掃除しようと考えているのではないな？」

「掃除はもうしていませんよ。本当です」

こんな気持ちに気づかれてしまったら、きっとアゼルを困らせるだけ。

今でも充分厚意に甘えているのだから、これ以上は駄目。

「少し風に当たってきます」

不自然だったけれど、この場から離れる理由がユイには他になかった。

この世界で自分は客で、よそ者だから。

「そうか……」

少し残念そうなアゼルの声を振り切って、席を立つ。

お茶は美味しいけれど、お菓子も美味しいけれど、贅沢に慣れてしまいそうで怖い。

一番辛《つら》いのは、彼を意識して、彼との時間が大切すぎて、別れを感じてしまうから。

「俺との生活は退屈か？」

「とんでもありません。とても楽しいですよ」

アゼルの言葉で、悲しい顔をしているとアゼルが余計に心配してしまうことに気づいた。

それは駄目すぎる。彼の前では明るく笑っていないと。

二人の時間は楽しかったものだと、思ってもらえるように。

アゼルの思い出の中に、笑顔が残るように。

「よかったら夕食まで出かけないか？　さっき提案したように庭か……他の場所でもいい」

庭は、お茶会が実現しなかった時に辛くなりそうだから他の場所がいい。

「何かしてみたいことはないか？　前のようにジョセフのところで動物を見せてもらうのでもいいぞ」

羊もいいけれど、せっかくだからとユイには思いついた場所があった。

あそこなら、ヘンな意識もしなくて済みそう。

色気も何もないけれど、スローライフの、夢の欠片を味わいたくて。

「それより……畑を見たいです」

ユイは迷わず口に出していた。

「畑？　畑とは、あの作物を植える畑か？」

「はい、城の敷地内に畑があるとカルナさんから聞きました」

客人がいきなり畑を見たいと言ったら確かに驚くだろう。

「ダメでしょうか？」

「お前がそれを望むなら、かまわない。こっちだ」

さっそくアゼルが立ち上がり、ユイの手を取る。

そっとその大きな指を握り返した。

城を出てしばらく村の方へ行くと、それは広がっていた。

「思ったより、広いんですね？」

家庭菜園レベルかと思ったけれど、着いてみるとサッカー場ぐらいの畑が広がっていた。

けれど、どこか閑散としている。農作業をしている人も見当たらないし。

「もしかして、作物が植わっていないのですか？」

「城には俺と、今はお前の二人しか住んでいないからな。これで充分だ」

畑の隅には、おそらくカルナが言っていた城の食材用の野菜があったけれど、大部分の場所は何も植えられておらず眠っていた。

「俺も有効活用しようと、村の者に無料で開放すると通告した。だが、誰も使おうとしないから困っていた」

前の領主がひどい人だったから？

それともやっぱり村人はアゼルが怖いのかな？

ジョセフみたいにわかってくれる人が増えてくれれば解決するのに。

「畑が寂しそう……」

「まあ、確かにな」

大部分に何も植えられていない畑が、ユイには寂しさで泣いているように見えた。

――――そうだ！

「アゼルさん、私が帰っても十日間ぐらいなら、水やりできますか？」

「ここは村や領地へ行く際に必ず通る。十日と言わず、ここの領主でいる限り水やりを約束しよう」

「できる限りでかまいませんので、お願いできますか？」

そうは念を押したけれど、アゼルならばユイがいなくなってもずっと水をあげ続けてくれるだろう。

悲しいような、嬉しいような。

けれど、それが村人とアゼルの融和に繋がるかもしれない。

「何を植えるつもりだ？」

「これです」

植えるかどうか迷っていたけれど、一応持ってきた物をユイは袋から取り出した。

植物の写真が書かれた手のひらぐらいの四角い物――野菜の種袋だった。

ベアールのアンケートのお礼だった。ハウスクリーニングの感想を書いてくれた方にプレゼントするもの。

「なんだ、これは……紙か？　随分鮮明な絵が描かれているな」

ユイの取り出した物を見て、アゼルが驚く。

その様子が何だか楽しい。

「こうすると、野菜の種が出てくるんです」

上部を切り取って、中に入っていた種を取り出してみせる。

「二枚の紙を接着し、種を閉じ込めているのか。素晴らしいアイディアと技術だ」

感心するアゼルを微笑ましく思いながら、ユイは畑仕事をする準備を始めた。

ドレスが七分袖で助かったと、肘までレースの袖を腕まくりする。近くに置かれていた農具箱から鍬《くわ》を探す。

「俺がやろう」

素早くアゼルが駆け寄ってきて、鍬を手にする。

「畑のここから……このぐらいまで。土が柔らかくなるまでお願いします」

使用する区画に枝で線を引くと、アゼルに指示する。

もともと一度耕してあったので、短時間で済んだ。

「ふわふわになってます。じゃあ、これを蒔いてください。アゼルさんは向こうから、このぐらいの間隔で植えていってください」

種袋の裏に書かれた栽培方法を確認しつつ、畑の端からそれぞれ順番に種を植えていく。

植えたのは二十日大根の種。

二十日大根は別名ラディッシュで、この世界にあることは確認済みだ。

短期間で収穫できるし、環境にもあまり左右されない上に、間引きしたものも貝割れ大根として食べられる栄養素満点の優れもの。

芽が出て間引きできる頃までなら、いることができるはずだ。

少しでも畑が賑《にぎ》やかになって、水やりを毎日しているアゼルを見て、村人が少しでも親しみを持ってくれればいいなと密《ひそ》かに願っていた。

実際に今も、何をしているのかとこちらを見ながら、城に用事のある商人や村人が通り過ぎていく。

噂は徐々に広がっていくはず。

本当にうまくいくか、見届けることはできないけれど……。

――――暗くなってはダメ。アゼルさんはいい人だから、きっと村の人達と仲良くなれる。

「あっ！」

考え事をしていても、正確に手を動かすのが特技だったけれど、つい辺りに気を遣っていなかったので、アゼルとぶつかりそうになる。

彼がそれを逞しい胸と腕とで受け止めてくれた。

「大丈夫か？」

「すみません」

彼の体温を感じて、また意識してしまう。

触れられただけで心が温かくなる。それが好きという気持ちが原因なことは、さすがに恋愛に疎いユイも気づいていた。

だからこそ、帰った後のことを考えてしまう。

「少し休もう」

アゼルの提案に頷くと、畑の横に敷いてくれたハンカチの上に腰を下ろす。

――これぐらいは許してくれるはず。

隣に座った彼の肩に少しだけ身体を預けた。

「お前の世界で畑は珍しいのか？」

いつもの穏やかな沈黙の後、アゼルが口を開く。

「そうですね、私の住んでいるところでは珍しいかもしれません。だから、楽しかったです。二人で畑仕事ができて。夢が叶いました」

「……お前の夢を、聞いていいか？」

アゼルの静かな問いかけに、ユイは頷いた。

「私、幼い頃から両親がいなくて。家族と呼べる人もいなくて。だから、お金がなかったので毎日お仕事を沢山しなくてはいけなくて、忙しかったんです」

「そうだったのか……」

真剣に彼はユイの話を聞いてくれていた。

「なので、スローライフ――私の世界ではそう言うんですが、静かな田舎で小さな畑を育てたりして、自給自足をすることに憧れていたんです」

「スローライフか……ならば、ここでの暮らしはスローライフか？」

「はい！　ですから、短期間ですけれど、お掃除したり、動物に触れたり、こうして野菜の種を蒔いたり、本当に楽しいです」

――スローライフというより、ゴージャスライフではあるんですけど。

しかし、楽しいのは本当だ。

楽しくて、楽しすぎて、大切になってしまう時間。

「家族はいないのか……もし、お前さえよければだが……ここで……俺と……」

彼が何かを言いかけたのと、ユイの視界に村人の姿が入ってきたのは同時だった。

「あっ、村の人が。ほら、愛想よく手を振りましょう。イメージアップですよ、アゼルさん。こんにちは――――！」

畑の横を通る人を見つけて、ユイは声を張り上げた。

「あ、ああ……」

アゼルもぎこちなくだけれど、手を振る。

畑に座っていたのが領主だと気づいて、村人が驚き、余所余所《よそよそ》しく手を振り返すと早足で歩いて行ってしまう。

噂になれば、きっと挨拶を返してくれるようにもなるはず。

――――願わくは、ここがずっと穏やかで平和でありますように。

ユイは心の中で祈った。

アゼルは元騎士隊長だと言っていた。

ウォーハルスト領は国境に接してはいるけれど、今は小競り合いもほとんどないとも。

けれど、彼が戦いに戻り、ここが戦いの場にならないという保証はない。

そういえば――――。

彼は出会った時にこうも言っていた。

『俺が領地から出ることができれば――』


元の世界に続くといわれる森に自分が案内できないと言っていた時のアゼルの言葉。

考えてみれば、彼が領地の外に、王宮や他の領地に行くというのを聞いたことがなかった。

保護すべき異なる世界の者――自分がいるからだろうか。

隠居していることにも、何か理由があるようだし。

考えてみれば、アゼルについて知らないことが多いことに気づく。

――好きな人なのに……。

聞いてみたいけれど、どうしても言葉が出てこない。

これから帰るのに、聞いてどうするのだとも考えてしまって……。

迷っている間に、外は茜色《あかねいろ》に染まり始めてしまった。

※　※　※

アゼルはユイの横顔を意識して、今さっき己の口から飛び出しかけた言葉をひっこめるのに悪戦苦闘していた。

――ここで……俺と……。

続く言葉は、村人により遮られ、ユイは気づいていなかったようだ。

――ここで……俺と……。

想像してしまう。

だって、ぴったりじゃないか！

いいからここに住め‼

口に出すタイミングを失ってもなお、何度叫びだそうとしたことだろうか。

その度に、額に脂汗をかいて耐える。

「……っ」

――ユイは帰る。帰るんだ！

客人を困らせるな。

何度も念じていると、心がやっと落ち着いてきた。
ユイの方を見たら逆戻りなので、口を噤んで夕焼けに目をやる。
――こんなに綺麗だっただろうか。
見慣れたウォーハルスト領は美しく輝いていた。
さっき耕して種をまいたばかりの土が、水を含んで光って見える。
――守ろう……増やそう。
アゼルにできることは、ユイが残してくれた作物を世話することだと使命感を帯びる。
種だか株だかを増やしてもいい……。
二十日大根を畑いっぱいに茂らせよう。

【第四章】 黒馬に乗った隊長のプロポーズ「いきなり求婚されました」

二十日大根がぽつぽつと芽を出して、焦げ茶色の畑に緑の点々が出そろった日。

ユイが異世界に迷い込んでからちょうど一週間――――。

ユイは帰り支度をして、朝食の席についていた。

ベアール制服である紺色のワンピースは、着慣れているはずなのに、包まれていると少し変な心地だった。

ドレスよりも格段に動きやすいのに、落ち着かない気持ちになる。

ここへ来た状態でなければ帰れないとか、帰って時間が経過していなくて高山様の部屋を絶賛掃除中だったら困るので、エプロンも身に着けていたけれど、ちっとも気が休まらない。

――――私は、今日……帰る。帰ることができる。

一本の長い三つ編みは覚悟のように強めに結った。元の環境に戻るだけなのに、言い聞かせないと残りたいと口から零《こぼ》れてしまいそうで、意志を強く持つためだった。

ワンピースの下には、アゼルがくれたシャンデリアのガラスの雫のペンダントが密やかにかけられている。

思い出は、充分で――。

「…………」

――アゼルさんは、どんな気分なのかな？

ほっとしている？

ちらりとユイはアゼルを見た。

向かい合わせで座っている彼の表情は、変化はないみたいだ。

朝食前に沢山お礼を言った時も、いつもと変わらずに、言葉を交わし、あれこれ持って帰るように勧められたのを丁重に断っていたらあっという間に時間が過ぎていた。

「本日のオムレツは特製でございます」

料理長マドックの声がして、卵のいい匂いに顔を上げると、アゼルの前に新しく置かれた皿にユイは見慣れたものを見つけて、ドキリとなる。

「あっ……」

今朝、ユイが間引きした、二十日大根の芽だった。

ラディッシュなり、二十日大根なりになるには、隣に植わっている芽とは一定間隔が必要なため、芽を半分ぐらい抜かざるをえない。

捨ててしまうのは惜しくて、持って帰るのも変な気がして、卵を取りに通りかかったマドックに渡したものだ。

でもまさか、朝食であっという間に出てくるなんて――。

貝割れ大根となる若いハート形にくるんとわかれた緑が、オムレツの上に飾りとして散っている。

「ユイさまが育てた若芽にございます」

「……ユイが？　ああ、畑に植えていたものが、こんなに早くか」

使ってくれたのが嬉しくて、でも、ささやかすぎて申し訳ないような……。

ユイは身を縮ませた。

感心したようにアゼルが芽をじっと見ているので、余計に恥ずかしくなる。

「は、二十日大根は、発芽が早いんです。ええと、オムレツが冷めてしまいますよ」

ユイが促しても、アゼルはオムレツを切らなかった。

それどころか、貝割れ大根を一つだけフォークで持ち上げていく。

「ユイが、育てたのか――」

「そっ、そんな大層なものではなくて……！」

ぱくりとアゼルが口に入れた時、ユイの心臓がドクンとした。

――あっ……。

触れられているわけでも、優しい言葉をかけられたわけでもないのに、満たされたような喜びが胸へと広がる。

「むっ………えぐみがなく、ぴりりと辛い。清涼感がくる、美味《うま》い」

「真面目に褒めすぎです！」

アゼルなりに言葉を尽くしてくれているのがわかり、頬が熱くなってしまう。

――恥ずかしいけれど、嬉しい！

ユイは俯いたまま、アゼルがゆっくりと味わうように食べている気配を感じながら、朝食を終え……。

一旦支度のために食堂から出ようと席を立ち、扉へと近づいたところでユイは立ち尽くした。

来客の準備のために、先に出て行ってしまったアゼルの背中はもう見えなくて。

「……あっ…………」

それだけのことなのに、もう一緒に食事をすることはないのだという現実が襲ってきた。

――さっきまでは、楽しかったのに……。

貝割れ大根を食べてもらって、幸せで……浮かれていて……。

片付けの邪魔をしないように早く食堂から出なければならないのに――。

突然、ぶわりと襲ってきた寂しさに動けなくなる。

「…………」

――本当にお別れなんだ……。

わかっていたことなのに、はっきりと感じた今は、動けないほど苦しくて。

「アゼルさん……」

誰にも聞こえないように小声で、ユイは大切な人の名前を呟いた。

声に出すと、こんなにも切ない、切なくて――。

「――――」

ああ、どうしよう……。

アゼルがすごく好きだ。

また、明日も一緒に朝食を囲みたい。

領地を散歩したい。お城の掃除がしたい。

畑も見に行きたい……。

離れたくない……帰りたく、ない……。

こんな風に突然痺れるように、恋を自覚するなんて――。

もっと甘かったり、少し苦かったりするものだと思っていた。

ああ、アゼルが恋しくて、愛しい……。

「ユイ様。何か仰いましたか？」

迎えに来たカルナに声をかけられ、ユイの固まった身体が鈍く動きだす。

「ううん、何も……」

ユイはのろのろと歩きだした。

早く、足を動かさなければ。

早くここから帰らなければ、辛くて動けなく、なる。

部屋へ戻り、忘れ物がないかカルナと共に確認をしていると、来客らしきざわめきが部屋の外から聞こえてきた。

名残惜《なごりお》しむ間もなく弾《はじ》かれたように部屋から出ると、エントランスではアゼルが男の人を迎えている最中で――。

――あの人が、私を連れて……。

覚悟を決めようとしていると、ユイに気づいたアゼルにひょいと手招きをされた。

バタバタしすぎないように、けれど速足で階段を下りてアゼルに近づく。

「ユイ、紹介する。この男がお前を異世界につながる森まで送り届けるロッシュだ。こう見えても腕は立つ。安心してくれ」

「こう見えてもってひどいですよー」

気心の知れた仲なのか、アゼルはからかうような口ぶりで、男の人もそれに慣れているみたいな反応。

「ロッシュは騎士隊長をしている」

「……まあ、隊長は……仮ですけれどね。ロッシュと申します。ユイさん、お話はお聞きしています、大変でしたね」

形式ばった挨拶なのだろうか、丁寧に礼をされ、ユイもペコリと頭を下げる。

「お手数おかけします、どうかよろしくお願いします」

「お安い御用ですよ」

ロッシュと紹介されたのはユイとさほど歳が変わらなく見える少年だった。

――この人が、隊長……?

誰にでも好かれそうなあどけない笑顔と、くるくるした赤茶色のくせ毛。

緑色の瞳が綺麗なアーモンド形をしているのが印象的だった。

深緑の外套に包まれた身体は、ユイよりは二回りぐらい大きかったけれど、アゼルと比べると応援したくなる体軀だ。

少しおどおどしていたり、困った様子が彼には気の毒だが、微笑ましくも見えてしまう。

隊長って……もっと、アゼルさんよりもずっと怖い人かと思った。

ロッシュは明らかに優しく腰が低い雰囲気だ。

アゼルとロッシュ、二人を知らずに見比べたら、隊長っぽいのはアゼルだろう。

「帰りは僕にお任せください。それまでもうしばらく、お待ちくださいね」

「護衛をさせる前に、こいつの任務を達成させねばならない。ロッシュ、執務室へ来い。ユイ、ロッシュと話をする。時間がかかるから部屋に戻っていてくれ」

「あっ、はい……!」

――そうか、ロッシュさんはアゼルさんを訪問するというお仕事の帰りに、私を連れて行ってくれるんだった。

ユイは邪魔をしないように再びペコリと礼をして階段を上る。

訪問は初ではないのか、アゼルはロッシュと執務室へ向かい歩き始めたようだ。

まだ、少しだけ時間があったことに安堵している気持ちに驚いたけれど、今は先にしておくことがある。

愛着がたっぷりとついてしまった、天蓋つきのベッドや、カーテン、絨毯の一つ一つに別れを告げよう――。

ユイは階段を上りきると、廊下を音を立てないように走った。

※　※　※

アゼルは執務室へ入ると、続いて入ってきたロッシュにソファを勧め、自らは長机の横へと立った。

訪問の半分は国の機密事項であり、使用人は人払いしてある。

ユイがいた先ほどの浮《うわ》ついた気持ちは、扉を開けた時に四散していた。

――――きっと、険しい顔になっているのだろうな、俺は……。

「グルナール王からの親書です」

ソファから立ち上がったロッシュが、懐から恭しく書簡を取り出す。

封蠟はまぎれもなく敬愛するグルナールの賢王、ジノヴィオスの印だ。

二人しかいない室内ではあるが、ロッシュの手から王より賜ったものであるという手順を踏んで互いに礼をし、敬意を込めて受け取る。

騎士隊で染みついた動きだ。

この流れで封蠟を解いて早く返事を書き、使者であるロッシュに渡さなければならないとわかっているのに、動きが止まる。

書いてあるだろう王の心優しい言葉が、想像できる……。

それを否と拒むことに葛藤がないわけではない――。

沈黙していると、ロッシュが声をかけてくる。

「あの……隊長のことを、王は大変気にかけていらっしゃいます」

「隊長はお前だ。いい加減、慣れろ！」

「いいえ、まだ僕は昇格を受け入れていません。幸いにも隊の皆さんも長い休暇中です。活躍続きで使う間がなかった恩給休暇があと二年は溜まっていますからね。王も僕らも、アゼルさんが隊にお戻りになることを待っています」

引退の宣言をして、ウォーハルスト領で隠居生活をする時に、隊長であったアゼルはただの予備兵に、副隊長であったロッシュは隊長へとなったのだ。

グルナール王国に騎士隊は百ほどあるが、一番古く勲功も多い、少数精鋭の部隊である。

何度、もう隊長ではないと言い聞かせても、ロッシュの理解はなかなか得られない。

いや――ロッシュだけではなく、王からも、猛者《もさ》の元部下達からも……。

ロッシュは王からアゼルの隊復帰のための説得役も任されている。

話を聞いて宥めながらも向き合うことも、この訪問の形を整えるためには必要だった。

なぜなら、アゼルの心はもう隠居と決まっているのだから。

否であっても書簡の返事と、説得して無理だったという事実で固めなければ、ロッシュが無能とされるだろう。

だからアゼルは書簡を受け取るし、説得に聞く耳だけは持つ。

「僕はアゼルさんに憧れて、騎士隊に入ったんですよ。あなたのおかげで、今の国内は安定しているかもしれない、けれど次に何かが起きたら、誰を頼りにすればいいんですか」

「安心しろ、ウォーハルスト領の国境は俺が守る。ベルツ帝国兵など一歩も入れぬようにな」

ただの隠居ではなく、領地がちょうど国境にあるため、防衛だと理由をつけての退役だった。

予備兵として国境警備にあたり、隣国のベルツ帝国へ睨みを利かせる役目。

グルナール王国の中枢では左遷だ――と手放しで喜ぶ大臣が大勢いることは間違いない。

もう、うんざりだった。

王に忠誠を誓い、守ることを考え、グルナール王国に剣を捧《ささ》げていたつもりが……アゼルが剣を振るえば振るうほどに、危険だと王へ進言する大臣や宰相がわいてくる。

……アゼルは見た目の通り危ない。

……王に向けて従うふりをして牙を研いでいる猛獣だ。

……いつ反乱を起こしてもおかしくない。

顔が恐ろしく、体格が威圧的だというだけで、根も葉もない噂が立つ。

王はわかってくれていた、決してそのようなことはない……と。

だから、忠誠を働きで見せた。

誰よりも強く、騎士隊長としての任務を成功させることが正しい道だと！

しかし、成果を挙げれば挙げるほどに嫉妬を買った。

人から恐ろしいと言われる顔も手伝って、誤解がすぐに生じる。重臣は息をするようにアゼルの悪い噂を流す。

任務で英雄となり何人かの誤解が消えても、その反動で何百人が恐れる流言が飛ぶ。

心の通じている王がアゼルを庇うほどに、王の手を煩わせてしまう。

今、思えば……。

賄賂や根回しに見て見ぬ振りができず、正義を振りかざしすぎたアゼルにも問題があったと今はわかる。

真っ当にぶつかるだけでは、手を取り合えぬ者がいること……。

ただ、今、初めからやり直したとしても、うまく立ち回る自信はないのだ。

――逃げだとはわかっている……しかし、他に方法がない。

アゼルは一線から退き、隠居と称して領地へ引きこもった。

誰に確認されるわけでもなかったが、二心がない証明に領地からは一歩も出ずに。

これが王にも、同じ騎士隊の者にも迷惑をかけない方法だ。

隣国との国境は何があっても力の限り死守するつもりだった。それが今のアゼルにできるただ一つのこと。

「…………」

ロッシュの視線を感じながら、封蠟を割り、王の手紙を取り出す。

心が籠もっているであろう美しい文字が目に飛び込んできて、喉がごくりと鳴る。

字を見ただけで、この手紙が気遣いの溢れた内容だとわかる。

いっそ――戻らなければ……といった脅しであったり、アゼルに罰を言い渡すものであれば、引導を渡されて楽になったのにとすら考えてしまい、慌てて首を振った。

――王は、まだ俺を……。

親書の始まりは、アゼルの健康を気遣い、領地の状況を尋ねるものだった。

次いで、国内について……大きな問題はなくと書かれているが、何も問題がないとは書かれていないので、王が心を痛めることは幾つかあるのだろう。

この親書は読んだら燃やすことになっている。

国の中枢の機密事項を、こんな辺境で手に入れることはあってはならないからだ。ましてや、退役の者にもらしていい内容ではない。

王なのにアゼルを信頼し、心を見せて、吐露してくれているのだろう。

表向きはアゼルに召集をかけていることになっている親書である。

しかし、アゼルに対して、騎士隊に戻って顔を出せという強制は一切書かれていない。

アゼルの心を慮《おもんぱか》ってのことだろう。

ただ、親しい友人のように近況を尋ね、これからもお前の信念で生きよ、と締めくくられている。

「――」

無言で幾度か読み返し、アゼルは執務机へ向かった。

心を込めていつもと変わらない……動かぬ返事を書く。文字を綴《つづ》る音だけが室内に響く。

手紙を書き終えてインクを暖炉の前で乾かし、封蠟をした。

それが固まるのを待つ頃にやっと緊張がとれてくる。

「返事が書けた、王へ届けてくれ」

「わかりました、必ず届けます。あと、隊員達にもアゼルさんが元気そうだったと伝えます。しつこく聞かれるので」

場を和ませるためか、茶化した様子でロッシュが苦笑いをした。

「お前は相変わらず連中に舐《な》められているのか？　ガツンと言ってやっていいんだぞ」

「僕にあの猛者達をどうにかできるわけないじゃないですかー、みんな年上だし、ご老体はいるし、強すぎだし」

諦めたような軽口であったが、ロッシュなりに溶け込むやり方で掌握を試みているのだろう。

隊員の顔や性格が思い浮かんで、想像がついた。

隊の空気を感じ、少しひかれそうになる。また、あの中へ戻りたいと……。

――――いかん、ロッシュの罠だ！　こいつは見かけによらずやり手だ。

用は済んだ、さっさと追い返そう。

アゼルは会話を切り替えた。

「帰りのことだが、さっき会ったユイを頼む。事情を記した手紙に地図も同封しただろう？

たし」
「もちろん持ってきていますよ、了解です。お連れするために、乗馬ではなく、馬車で来まし
ちゃんと持ってきたか？　その地点へ送り届けてくれ」

ロッシュなら危険なく上手くやってくれるだろう。辺りの盗賊にも負けない腕を持っている
し、警戒心も強いからユイの身を危険に晒《さら》すことは極力しないはずだ。

考え込んでいると、ロッシュが呆れたような声を出す。

「そんなに心配なら、ご自分で行けばいいのに、籠もったままでは退屈でしょうに」

「いいや、領地の外には出ん！　誰が見ていなくてもだ」


行けるなら、ユイを保護した日に連れて行っている。

たぶん……そうしていただろう。

しかし光景が今となっては想像できなかった。

「でも、連れてっちゃっていいんですかー？　アゼルさん、あの子、好きでしょう？」

「なっ⁉　ふざけたことを言うなっ！」


ロッシュがさらりと放った言葉は、今日の緊張を吹き飛ばし、今までのどの訪問よりもアゼ
ルを大きく動揺させた。

――いや、好き……だが。

秘めていた気持ちをあっさり見透かされた――――！

いや、かまをかけているのか？

ロッシュはこんなに鋭い奴だったか⁉

パクパクと口が開き、二の句が継げない。

何やら体中が熱くなってきている。

「強面が愛嬌のある感じになっていますよー」

「うるさい、黙れっ！　俺が好ましく思っているかは関係ない。向こうから来た娘なんだから、帰るのが普通だろう」

考えたことがないわけではない。

だが、今日という日が来てしまい。帰る支度も済んでいる。

「異世界の娘さんって本当に髪が黒いんですね。ユイさん、華奢《きゃしゃ》で綺麗な子だったな」

「あんまり見るな！　わかっていると思うが、ユイが可愛らしいからといって不埒《ふらち》なことはするなよ」

盗賊より、ロッシュの方が危険に見えてきた。

「いやいや……アゼルさん、凄《すご》まないでください。本気で震えあがりますから！　僕も命は惜しいです、指一本触れませんって」

――――ぐっ……。

こいつにもっと釘を刺しておくべきではないのか？

アゼルはめまぐるしく考えた。

帰り道にロッシュがユイと仲良く世間話などしているところを想像したら、腹が立って仕方がない。

もっと、何か決めごとを――――。

そうだ……！

「おい……ユイに勝手に話しかけるなよ？」

「ええと、無言で、馬車で向かい合わせですか？　道中気まずくなりそう……僕、御者席に移ってもいいですか」

なるほど、それなら話しかけられまい。

うんうんと頷いたところで気づく。

「………」

ユイが一人で馬車に揺られているところを思い浮かべると不憫《ふびん》だ。

寂しそうだ。

あいつは何やら忙しく動いて笑っている方がいい。

アゼルは思い直した。

「馬車の中には、いてもいい。話しかけられた時だけ会話する以外に、ユイが浮かない顔をしていたらすぐに笑わせろ。あいつはお前のように困った顔や悲しい顔は似合わん」

「面倒くさい感じの無茶ぶりですね……」

ロッシュがげんなりした顔をしたが、ここは譲れない。

「あと、下世話なことは耳に入れるなよ！　ありきたりすぎる天気の話題もしらじらしいからな！　全身全霊で帰りの旅を盛り上げてやってくれ！　騎士の名に懸けて」

もう、己でどれほど細かいことを言っているのかわからない。

しかし、ここはロッシュに頼るしかない。

「はいはい、すごく大事なんですねー」

「当たり前だ！　早く行けっ」

頼んだからな――――！

アゼルはロッシュを執務室から追い立てて、部屋から出ると大声でユイの名を呼んだ。

※　※　※

四頭立ての馬車は車輪が大きく、ゆったりとした座席は天鵞絨《ビロード》張りだった。

城から出てすぐの前庭で、アゼルの手を借りてユイは馬車に乗り込んだところで……。

「元気でな」

「はい、アゼルさんも。色々とお世話になりました……楽しかった、です」

もっと色々と言いたいことがあったけれど、これ以上話すと泣いてしまいそうだった。

だから、無理をして笑ってみせる。

アゼルも――笑っているつもりなのか、強面を苦々しくしたような顔をしている。

ユイは目に焼きつけるように瞳を見張り、唇を軽く噛《か》む。

アゼルばかり見ていては涙腺がゆるみそうだったので、彼の背後にある緑の木々を見て、空へとゆっくり視界を上げていく。

水色の広くて美しい空は、いつもと変わらないはずなのに、ぐっと胸を摑まれて揺さぶられてしまう。

早く、早くここから離れないと……。

嫌だ、帰りたくないって叫んでしまいそうだから。

この空も、緑も、目に焼きつけただけでは、全然足りない。

アゼルの顔も、どの表情を刻み付けたらいいかわからなくて……。

忘れたくなくて………。

もっと、見ていたい。目を逸らさずに――。

「最後に、顔をよく見せてくれ」

「……っ！　アゼルさん」

アゼルの声がして、ユイは空から彼へと視線を戻した。

心の声が見透かされてしまっていたの……？

だって、同じことを考えている。

「……はい。見えますか？」

「よく見える」

瞳をしっかり開いて、彼の琥珀のちょっと鋭い目へと視線を合わせる。

なぜこんな素敵な顔を最初は怖がってしまっていたのだろう。

なぜもっと見つめていなかったんだろう。

一分一秒を、もっと大切に過ごせばよかった。

最後なのに――どんな顔をしたらいいかわからない。

「さようなら……とても……楽しかったです」

「ああ――――」

切なさを絞り出すようにして、別れの声にする。

申し訳なさそうにするりと対面にロッシュが乗り込んできて、アゼルが外から馬車の扉を閉めた。

馬車の窓からはアゼルの胸元までしか見えない。

「行ってくれ」

御者にアゼルが短く告げ、馬が歩き出し、車輪が回りだす。

感慨にふける間もなく、ガラガラと馬車は走りだした。

あっという間にアゼルの胸元は見えなくなり、景色が大地にかわる。

「あっ……」

――――こんなに、あっさり……。

消沈した顔を一瞬してしまったユイは、向かいの席にロッシュがいることに気づいて、背筋を伸ばした。

――――せっかく連れて行ってくれるのに、変な顔をしていたら失礼だよね。

「……」

「………」

ユイがニコッと微笑むと、ロッシュもやや長くニコリとしてくれる。

会話はなかったけれど、不審には思われていないみたいで安堵した。

何か話しかけようかと話題を探したところで、ガタンと馬車が揺れる。

馬が走っている地面が、舗装された正面玄関付近から、土の道へと変わったのだと窓から見える地形でわかった。

散歩をしたり、畑に行ったりするのに通った道――。

馬車の窓からは、遠目には茶色いだけの畑が見えた。

「ここから見える畑には……まだ芽ですけれど、ちゃんと作物が植わっているんですよ」

誰のための、何のためのフォローかわからなかったけれど、つい口をついて出てしまう。

「種まきの時季でしたか、僕はあまり詳しくなくて……立派な畑ですよね。アゼルさんは農地について詳しくなったのかな」

アゼルと親しげな素振りでロッシュが窓から畑を見る。

いつからの知り合いですか？

騎士の時も怖いと誤解を受けていましたか？

もっともっとアゼルのことを聞きたかったけれど、話が弾みそうなのはわかっていたけれど、口にするのは憚《はばか》られた。

これから離れて、何も関係のない人になってしまうのだから、知ってしまえば想いが募る。

「今、何が植わっているか、ご存じなのですか？」

「えっ？　あっ、今は――」

ロッシュに尋ねられ、まだできていない二十日大根を誇らしく教えてもいいのか迷う。

そもそもユイが収穫できたのは貝割れ大根だけなのだから……。

「育ちによって、名前が変わる大根が植えてあります。今朝、間引いた葉の……貝割れ大根を、アゼルさんが食べてくれたところです」

しっかりと答えなければならないと頭の中で整理をしたのに、取り留めのない回答になってしまった。

一生懸命、褒めてくれたアゼルの今朝の様子が目に浮かんだ。

まだ記憶に新しく、鮮明に覚えている。

さっき離れたばかりなのに、今すぐ戻りたくなってしまう。

恋しい……のだ。

恋をしている……のだから。

ううん、恋をしていたと、これからは過去形にしなければならない。

でも、心は先に進むことを拒んで、取り残されそうになりながら、甘く優しいことを考えてしまう。

貝割れ大根だけではなくて、もっと腹持ちがする食材を出したらアゼルはどんな顔をしてくれただろう。

窓から畑はもう見えなくなっていた。

代わりに少し踏み固められたような道の振動――――傾斜の緩やかな坂。

たぶん羊の牧場の横、燻製所の前を横切ったところだ。

丘で白くもこもこした羊が草を食《は》んでいるのが視界に入り、ユイは視線を馬車の中へ戻し、俯かせた。

――見たらもっと辛くなる……。

知らない間に、そこら中が思い出だらけになっていた。

馬車の中に、再び沈黙が訪れる。

さっきより、少し気まずい……。

ユイを気遣っているのかロッシュは話しかけてこない。

何か言わなくては変な流れになりそうだと思ったところで、ロッシュが眠るように目を閉じる。

腕組みをして、馬車の揺れに身を任せて。

ユイを気遣って、あるいは耐えかねて、寝たふりをしてくれているのかもしれない。

それがありがたかった。

もぞもぞとユイはワンピースの中で首から下げていたペンダントを首元に出して、ぎゅっと握りしめた。

大丈夫……大丈夫――。

自分に言い聞かせるように心の中で唱える。

大丈夫……帰るの。そして、日常に戻る……。

アゼルが馬車の前までの見送りでよかったと思った。

今ここに彼がいたら「帰りたくない」と我が儘《まま》なことを叫んでしまったかもしれない。

泣きだして、困らせてしまったかもしれない。

早く帰って忘れようと自分に言い聞かせているのに、絶対に忘れたくないという意志がせめぎ合っている。

――――アゼルさん……。

「……アゼルさん………」

声になってしまったのか、ロッシュがぴくりと顔を上げた。

けれど、聞き取れず独り言と思われたのか、彼はすぐにまた目を閉じる。

「隊長……脈ありじゃないですか。ああ……馬車、事故った方がいいのかな……」

ロッシュも何か囁《ささや》いたけれど、ユイの耳にははっきりと届かなかったので、聞き返すことはしなかった。

その時、馬車がまたガタンと揺れた。

さっきよりも馬が安定して歩いている振動――――。

ああ……。

ユイは外を見て悟った。

眼下にはゆったりと流れる川……馬車は木の橋の上を軽やかに進み始めたところだ。

アゼルの口から聞いたことがある。

ウォーハルスト領は川までだということ。おそらくは、ここのことだ。

アゼルは何らかの理由で領地から出ることはない。

――私はここから出る……。

完全なる別れを感じて、吸い込んだままの息をどう吐いていいかわからなくなり、呼吸が止まる。

もう、本当にお別れなのだ。

せめて橋を渡るまでは息を止めたままでいようと、ユイは胸の切なさごと握りしめる勢いでペンダントをぎゅっとした。

※　※　※

アゼルは呻《うめ》いていた。

執務室の床には物が散乱し、拾って元の場所に戻しておかなければならないとわかっているのに、手が伸びない。

百の剣で身体を貫かれているほど苦しくて痛い。

騎士の隊務で激戦の末に、背や腕を負傷した時よりも身がちぎれそうだ……。

「ぐっ……」

耐えろ。

今までは、すべてに耐えることができたではないか。

原因はわかっている――。

ユイだ……。

馬車の扉を閉めた時には、手が震えていた。

重要な式典の任務であっても、血湧き肉躍る戦いの前でも、震えなど来たことがないのに。

見送ってから大股で執務室まで取って返し、扉を閉めると何やら得体のしれない声が喉をついた。
身体の一部が無理やり剝がされているような錯覚すらある。
「ユイ……ユイ――――」
名を口にすると、少しだけ胸に温かいものが流れて息ができた。
「ふぅ…………」
しかし、次の瞬間にぶわっと彼女の顔が浮かんで、胸が切なくなる。
「…………っ！」
これが寂しいということなのか……。
――――まさか、俺が。
何もいらない、かかわらないと、穏やかな隠居暮らしで充分だったのに。
なぜ、あんな場所で見送りを終わらせた？
なぜ、領地の境まで、最後の一瞬見えなくなるまでついて行かなかった？
一分一秒でも長く、ユイの顔が見たかったのに。
別れを惜しみたければ、大事ならば、なぜ己で連れて行かなかった？
領地に籠もる決め事は自らが勝手に課したことで、橋だって渡っていけたのに。
堪《こら》えていると、身体がバラバラになりそうだ。
ぎちりと骨が軋《きし》んだ気配がする。
正直に――――なれ！

気持ちを押しとどめるはずの理性が、叫んだ気がした。
胸の中で、甘いものが爆《は》ぜる。
ユイ……。
ユイ――――！
アゼルは走りだしていた。
ユイがぴかぴかにしてくれたエントランスから転げ出て、厩《うまや》へ向かう。
田舎の厩舎で生気を持て余している、とびきりの軍馬のもとへ。

※　※　※

カラカラという木の振動が終わる。

馬車の振動が砂利まじりの下草へと変わって、今度はカポカポと走りだす。

「――――」

ああ、抜けた……。

アゼルの領地から完全に出てしまい、岐路に向けて着実に進みだしたのだ。

ユイはふうっと大きく息を吐いた。

溜め息にはならないように、細く長く。

その時、馬の嘶《いなな》きが聞こえた。

「うわあっ！」

馬車の外にある御者席の男の人が大きな声を上げる。

ロッシュの反応は早く、目をぱちっと開けた時には、もう剣に手をかけていた。

「盗賊かっ！」

「い、いえっ……黒馬が…………回り込んできて……その……」

しどろもどろな御者の声に、ロッシュが痺れをきらし、警戒しながら、滑るような動きで馬車の扉へ手をかけた時――。

「ユイィィィィ！」

叫び声が聞こえた。雄たけびに似たそれは辺りを震わせてユイの耳にも届く。

「ユイ――ィィィィ！」

聞き間違いではない。

知っている、この声は……一週間ずっと近くにいた声……。

領地から出ないはずなのに……。

橋を渡って、追ってきてくれた――。

「アゼルさんっ！」

ユイは唖然《あぜん》としているロッシュを押し退《の》けて、落ちるようになりながら馬車から降りた。

乗り降りする踏み台がなく、足がつかない高さだったので、もがくように滑り……何とか着地したものの、みっともないさまを見せてしまったかもしれない。

それぐらいに、早くアゼルの琥珀の瞳を見たかった。

すたっと足をつけて辛うじて大地に降り立ったけれど、ふらっと一歩前に足が出てしまう。

同時に馬車の前にあった気配が大きく動いた。

漆黒の巨大な軍馬から、アゼルがひらりと飛び降りる。

白馬に乗った王子様とはいいがたい……もっとおどろおどろしい黒馬に乗った騎士様。

ユイの大好きな、アゼル……。

「ユイっ！　お前を帰したくない――――もし、お前さえよければ……俺と結婚して、ウォーハルストの大地でスローライフとやらを送ってくれないかっ！」

ぐんと言葉が胸に響いた。

心臓がぎゅっと縮まり、甘酸っぱい切なさが喜びの流れを体内へ送るのを感じた。

結婚――――アゼルと……。

ユイも負けないぐらいに大きな声で返事をする。

他の言葉なんてない！

「はいっ！」

プロポーズを正面からありったけの気持ちで受け止めて頷く。

アゼルは一瞬きょとんとした顔をして、大真面目な顔に戻り、頬を高揚させながら近づいてくる。

「理由を、考えてきた……全部話して、何としてでもお前を説得しようと……まずはな、野菜を畑いっぱいに育てたら俺だけでは食べきれない！　世話しながらお前を思い出したらやりきれない……」

「そ、そうですか――――もう私がお世話するので安心してください……？」

――――あれ……私、今プロポーズをオッケーしたよね……？

アゼルも理解したっぽい顔をしていたのに、彼の気魄《きはく》は止まらない。

どうやら、ユイがすんなり「はい」という想定で動いていなかったようだ。

予想外のことに、アゼルは止まらないのだろう。

「ユイが帰ったら、また裏口を使う！　エントランスは永遠に封印する。お前より輝くシャンデリアはないっ……」

アゼルの目がユイの首にかかっているシャンデリアの雫のペンダントをくわっと見たので、恥ずかしくなり手で覆う。

「え、ええと……いただいたペンダントはこれからも大事にしますよ？」

――――輝いているって……アゼルさんっぽくない言葉がくすぐったい……。

「首から下げてくれているのは、ユイの心が俺にあると自惚れてもいいのか……十でも百でも千でも贈ってやる！」

「そんなに沢山首から下げられませんよっ」

どこまでがプロポーズかわからない話が、妙に脱線気味になりながらも、アゼルがユイのすぐ近くまで来て、向かい合う。

正確には、彼の大きな身体が太陽を遮り、ユイと対峙《たいじ》していて――――。

アゼルの手がユイの肩へ向かう。

遠慮がちに……おずおずと。

けれど、決して止めることがないという動きで。

ユイは少しつま先立ちになり、彼の手に肩を近づけた。

ごつごつした指が触れる、ああ――この手だ……と、温もりを感じる。

ユイが離れたくなかった手。

愛しい手。

「ユイ……」

アゼルが名を呼び、彼の温もりにぎゅっと包まれた。

少し苦しいぐらいに抱き締められ、ユイは野獣を宥めるように彼の背に手をやる。

ドクン、ドクン……と。

互いの速い鼓動を感じた。

アゼルの背中からもその巨軀の叫びのような鼓動が、手を通して伝わってくる。

「……アゼルさん」

もう決めた。

覆《くつがえ》すことも、後悔することもなく、決めた。

――私はこの異世界に残って、アゼルの奥さんになる。

覚悟して彼と抱き合ったら、胸の痛みや苦しみは、何にもなくなっていた。

すっきりとした心地のあとで、ふわふわとした幸せが胸に満ち、早くもぎゅうぎゅうになりそうで……。

「ちょ、ちょっと苦しいです……アゼルさん」

抱き締める腕の力ではなく、気持ちが――。

「俺も幸せすぎて苦しい……だが、そうやって喜び暴れる胸の中が嬉しいんだ」

正直で、真面目に教えてくれる彼の言葉が愛しい。

同じ……。

同じ思いでいる――――。

「大好きです、アゼルさん……」

ユイは、もっと深く彼の胸に顔を埋《うず》めた。

「ユイ、愛している――――残ってくれて、ありがとう。一生大切にする」

アゼルもユイの姿かたちを確認するように背中を撫でてくる。

彼の誠実な言葉が、胸に染み込んできて、涙が零れてしまう。

「あのー……僕は帰っていいですかね……?」

遠慮がちにかけられたロッシュの声により我に返るまで、二人は抱き合っていた。

【第五章】結婚式は自然に包まれて～初めて同士の初夜は強く甘く抱かれて～

結婚式は、ユイが残ると決めてから一週間後に大急ぎの支度で行われることになった。

ピカピカに磨かれた村の教会は、集落から少し離れた、なだらかな丘の麓《ふもと》に建っている。

緑の中に、こぢんまりと建つ白い壁の教会――――。

アゼルはこの際、教会を立派に建て直してしまうことを検討していたが、工期がかかりすぎて式がお預けになるということで、自ら壁を直すことに留《とど》まった。

その真新しい白い壁には、ねじった白い布に花が幾つもついていて、特別な日を美しい装いで彩っている。

結婚式と言っても、村に住まう神父の前で誓いを立てるだけの形式的なものであったが、カルナが村へ触れ回ってくれたおかげで村人が大勢集まってきていた。

立食の料理としても振る舞われるが、お土産《みやげ》に、森番から一家族につき一羽の鴨《かも》の丸焼きが配られることもあって不参加の者はいない勢いである。

「はぁ……緊張してきた」

教会の中庭に面した一室は開け放たれ、新郎新婦の待機部屋となっている。

とはいえ、派手な式を行ったことがない、急ごしらえのスペースなので、村人が外から回り込めば姿が互いに見えてしまう。

アットホームさを感じることは嬉《うれ》しかったけれど、外でざわざわしている村人の動きもユイからはわかってしまうので、気が気ではない。

アゼルの姿を探したけれど、彼は朝早くから式の段取りで忙しそうにしていたので、教会についてからはまだ会えていない。

ユイは一時間も前に支度を終えていた。

純白のウエディングドレスは、アゼルの頼みにより、ロッシュが王都から身体《からだ》を張って急ぎ買い付けてきてくれた品物で、目を見張るほどに豪華だった。

レースとリボンがふんだんに使われた胸元に、波のような段差のついたスカート部分。

その一枚ずつに真珠が縫い留められていて、歩く度に衣擦《きぬず》れの音をたっぷりと立てながらキラキラと輝いている。

ベールは、急ぎカルナとユイの手により仕立てたもので、空き部屋の天蓋から布を拝借したものだったけれど、違和感はまったくない。

蕩《とろ》けそうな繊細な白く透けた布へ、カルナが縁取りにレースを慎重に縫い合わせ、ユイは引きずるほどに長い引き裾《トレーン》に自ら針を入れた。

裁縫は掃除の次に得意であったし、何より人手が全然足りなかったから……おかげで一刺しごとに心の準備をすることができたように思う。

ベールの仕上げは、二人で今日の朝から生花を合わせて花嫁姿の完成だった。

「ユイ様――あっ、いいえ、もう奥様になるのですね。旦那様がおつきになりましたよ」

カルナが中庭から声をかけて入ってくる。

「お、奥様って私のこと……！　だ、旦那様って、アゼルのこ――と……あっ……！」

「すまない、遅くなった」

――アゼルさん……？

アゼルの恰好《かっこう》に、ユイは見惚《みと》れて言葉を失った。

騎士である正装は、銀の鎧《よろい》だった。手入れの行き届いた藍色の外套《マント》には金色のラインが美しく入っている。

式典のためか、鎧の上からは銀色のサッシュベルトが斜めにかけられ、幾つもの勲章も光り輝いている。

初めて見たアゼルの鎧姿に、ユイは興奮していた。

――こんな強そうな人が、私と結婚……？　旦那様になるの⁉

領地で過ごしていた今までの服も似合っていたけれど、その素敵さが吹き飛ぶぐらいにカッコいい……。

「ユイ、美し――」

「アゼルさん、カッコいいで――」

同時に互いの恰好についての感想が口から飛び出し、かぶってしまった。

きょとんとした目を合わせて、少し遅れてふっと笑いが零《こぼ》れる。

「ははっ、気に入ってくれたなら何よりだ。久しぶりに着たから、おかしなことになってないか不安だった」

「一つも変じゃありません！　ほっ、惚《ほ》れなおしました……」

正直な気持ちを口に出す。

「俺はずっと惚れている。今日のユイは触れていいかわからないほど美しくて神々しい。だが、間違いなく俺の手を取って歩けよ。ずっと隣にいてくれ」

「もちろんです、もう放しませんからね」

くすくすと笑い合っていると、馬の嘶《いなな》きが聞こえ、大地が揺れた。

ざわめく村人の間をかきわけ、複数の足音が割って近づいてくる気配がする。

「来てくれたか……」

アゼルは心当たりがある足音みたいだ。

ざっざっとそろった足並みが中庭へと入ってきて――――。

「ロッシュ以下、三名！　アゼルさんの結婚式に心からお祝い申し上げますっ」

先頭はユイもよく知っているロッシュだった。

「駆けつけてくれたことを光栄に思う。ゆっくり楽しんでいってくれ」

アゼルが彼らへ近づき、親しげに拳を突き合わせるような挨拶を始めてすぐに、ユイを振り返る。

「ユイ、紹介しよう、騎士隊の友人達だ」

「は、はいっ……」

――アゼルさんのお友達、粗相のないようにしないと。

ちょこんとアゼルの横へ立つと、ロッシュがまずユイを手で指し示す。

「こちらが皆さんお待ちかね、騎士隊では噂《うわさ》でもちきりとなっているアゼルさんの若き奥様、ユイさんですー」

「ええっ、は、はい、ユイです！」

――私……噂されているの？

困惑しながらも、ユイはぺこっと頭を下げた。

「俺の……妻だ」

妻、の前に一呼吸溜《た》めてアゼルが言葉を放つ。

途端に、騎士隊から冷やかしのようなヤジが飛ぶ。

「ええい、騒ぐな！　ユイ、ロッシュの隣から、ラダメス、マウリシオ、セロンだ」

「よ、よろしくおねがいします！」

――ラダメスさんに、マウリシオさんに、セロンさん……。

ロッシュが隊長なのだから、同じぐらいか若いと思っていたけれど、紹介された騎士隊の顔ぶれを見ると、アゼルと同じかそれ以上に年上でユイは背筋を伸ばした。

貫禄《かんろく》がすごい……。

「ラダメスと申します。老体ではございますが、まだ現役でございます。隊長殿と奥様、このたびは誠におめでとうございます」

白髪の老騎士の穏やかな声にユイは、はっと彼を見る。確かに歳を取っていたけれど、しゃきしゃきとした姿は強そうだ。アゼルよりやや色あせた外套と、年季の入った鎧を身に着けている。

「五十一歳なのに、まだ引退しないんだ。あっ、ラダメスさん、隊長は一応僕ですからね」

茶化したようにロッシュが口にすると、ラダメスはふんっと息を吐いた。

「頑固なんですよねー」

フォローするようにロッシュが宥《なだ》めている。仲が悪いわけではなさそうだ。

「おおー、このちっこいのが嫁さんか〜、可愛《かわい》いなぁ、嫁さん！　おれにもくれよ、隊長さんよー」

「わっ……！」

ずいっと顔を出してきたのは、よく日焼けした肌に白い歯をニカッとさせた男の人だった。

「やらん！　触るなっ。お前まで隊長と呼ぶな！」

ユイを引き寄せて、アゼルがつられたように大きな声を上げる。ただ、庇《かば》ってくれただけではなさそうな感じで、声が弾んでいる。気心が知れた親しい騎士仲間に見えた。

アゼルと歳が近いのだろうか、彼が表情豊かになり、顔をしかめる。

「マウリシオ……その恰好はなんだ」

「ちゃんと筋肉は隠してるぜ！」

「あはは……」

ユイは二人のやり取りがおかしくて、笑ってしまった。

マウリシオと呼ばれた人は、上着こそ、ひらっと肩から腕を通さずに身に着けているが、髪はワイルドにボサボサで、その下は白い袖のない肌着のような姿である。

どうやら、アゼルに負けない筋肉が上衣《うわぎ》のようだ。

「醜い――――ユイ様、視界にこの者を入れませんように。わたくしはセロンです。お困りのことがあれば何なりと言いつけてください」

セロンと名乗ったのは、長い金髪を肩の上で束ね、眼鏡《めがね》をかけた綺麗《きれい》な顔の男の人だった。

――――この人も騎士様なのかな……？

美しい模様の入った襟が高く長い上着は、皺《しわ》一つ、埃《ほこり》一つない。

ロッシュの弾むような声がユイの耳へ届く。

「ラダメスさん、マウリシオさん、セロンさん。アゼルさんを入れると、グルナール王国騎士の四柱《しちゅう》がそろいましたね。これで王がいらしても完璧に警護できますよ」

「軽口を叩《たた》くな、ロッシュ。王には後ほど報告する」

――――王って王様？

ユイは首を傾《かし》げた。

けれど、アゼルの顔が少し曇った気がしたので追及しないことにする。

「さあ、そろそろ時間ではないですか」

セロンが促し、教会の聖堂に続く扉を見ると、カルナが顔を出して手招きをしていた。

「僕達も精一杯の威厳でお二人の晴れ舞台に花を添え、証人を務めましょうかね」

ロッシュの言葉で、招待した彼を含む騎士隊の四名は中庭を通って、教会の前へと引き返していく。

「ユイ、俺の腕に、手を……」

「はい――」

いよいよだ……。

ユイはアゼルが軽く曲げた腕にそっと手を添えた。

聖堂へと続く扉――。

それを抜けると花が飾られた静謐《せいひつ》な空間に出る。

花嫁の道には赤い絨毯《じゅうたん》が敷かれて、右手を見ると祭壇では聖帯《ストラ》を首からさげた神父が待っていた。

左手は大扉が開け放たれ、空の水色と緑――外にはざわめく村人の姿が見える。

二人そろって村人へ一礼すると、シーンとなった。

そして、背筋を伸ばして、一歩ずつ、赤い絨毯を歩く。

ここから、始まる。

アゼルとの生活が――。

十歩ほどの道のりは、緊張しながら歩いていたらあっという間だった。

二人の到着を待ち、神父の声が朗らかに聖堂に響く。

今日という日への賛辞、祝福の言葉。

そして、問われる……。

「アゼル・ウォーハルスト、汝《なんじ》はユイを妻とし、生涯愛しぬくことを誓いますか？」

「誓おう――――！」

アゼルの声にユイの身体が震えた。

――私、私も……。

「異世界の娘ユイよ、汝はアゼルを夫とし、生涯愛しぬくことを誓いますか？」

「はいっ、誓います」

アゼルに負けないぐらい大きな声で誓う。

「では、誓いの口づけを……」

神父の声で、アゼルがユイのベールを持ち上げて、真摯な琥珀《こはく》のまなざしでじっと見つめてくる。

吸い込まれそうになる……目が離せない。

アゼルが二人にしか聞こえない声で囁《ささや》いた。

「ユイ……目を閉じろ」

「……………」

照れたような声音に、ユイは瞳を閉じた。

瞼《まぶた》を伏せると睫毛《まつげ》が目尻に触れたのがわかって――――。

すぐに唇が、温かいアゼルのキスで覆われる。

触れるだけの口づけに応えるように、ユイは心の中で何度でも誓った。

彼とここで生きていく……。


「――――」


唇が離れると、ユイとアゼルは教会の大扉へと向かった。

さっきはなかった装飾の剣が四本、左右に二本ずつのそれは、背の丈よりも高い場所で交差されていた。

「一同、整列――――っ！」

ロッシュが声を張り、騎士隊が空へ剣をかざして、村人の背筋も伸び、注目が大扉を出てきた二人に集まる。

「おめでとうございます！」

四名の騎士が声をそろえると、村人も口々に祝いの言葉を口にして、花吹雪《はなふぶき》が舞う。

籠を持っているカルナが配ってくれたものだ。

丘へと続く道には、左右に野の花の首輪をつけた羊が十匹ずつほど並んでいる。

その後ろでリボンをつけた羊飼いの杖《つえ》を振っているのはジョセフだった。

――嬉しい……なんて可愛い道……。

丘の上には鐘がある。

式の締めくくりは、高らかに二人で鐘を鳴らすのだった。

メェメェとなく羊の横を通って、ユイはアゼルと丘を登る。

艶々に磨かれた金の鐘につながる、長く白い紐《ひも》に手をかけた。

二人の指が合わさった時に、アゼルが声を張る。

「世界を捨てて俺のもとへ嫁いでくれたことに感謝する」

「私もあなたに見つけてもらったことに感謝します！」

ぎゅっと紐を握り、思いっきり振る――。

カランカラン。

幸せの音色が、ウォーハルスト領に鳴り響いた。


その日の夜。

ユイはこの世界にきて、最初に目を覚ましたあの部屋にいた。

――アゼルさんの部屋……。

彼がいつも眠っているだろう大きな天蓋つきベッドの上にちょこんと座り、彼が戻ってくるのを待っていた。

ユイは花嫁支度として純白のレースのネグリジェに身を包んでいる。

胸元にある三本のリボンで前を合わせただけの衣装は、これから初夜を迎えるためだとわかっていても、堂々とできないぐらいに心細くて恥ずかしい。

腿《もも》に薄い靴下を吊《つ》るすレースの輪があり、その部分から下の布は透けているのも問題である。

「待たせた」

少し緊張した声音が聞こえてきて、ユイはびくっと身体を震わせた。

「は、はい！」

アゼルの声に、ユイはつかえるように答えてしまった。

心臓の音がさっきからバクバクと音を立てて止まらない。

落ち着いてと念じても、効果はまるでない。

「アゼルさん……」

ぎこちなく首を傾けると、続き部屋で着替えを済ませてきた彼の姿が視界に入った。

アゼルはガウンのような作りの夜着に身を包んでいたが、その上からでもわかるごつごつした体躯《たいく》にユイの緊張は強くなってしまう。

——あの強そうな身体に……抱き締められて……ええと……。

つい彼を見ただけで、未経験のこれからすることを想像してしまった。

この世界へ来るまでは恋愛にまったく縁がなかったユイだったけれど、人並みの知識については知っていた。

けれど、当然細部については知らないので、恐れがないといえば嘘《うそ》になる。

現に手が震えている。

「安心しろ。お前が嫌がるようなことはしない」

「……それは疑っていません」

アゼルは近づいてくると、まず緊張している手を握ってくれた。

ユイも彼の顔を見上げる。

琥珀色の瞳がとても綺麗だな、と思った。

「身体を使うことは、初めてのことでも大概うまくやれる」

――それって……剣を振ったり、手足を動かすことですよね？

「加減は充分にしよう、だが辛《つら》くなったら遠慮なくいえ」

何だか見当違いのように思えたけれど、アゼルが精一杯自分を大切にしてくれていることは伝わってくる。

胸がほんわかとして、緊張が少しほぐれてきた。

「大丈夫です。私も努力します。今日からアゼルさんと私は夫婦なんですから」

夫婦という言葉――自分で口にすると、嬉しさと一緒に気恥ずかしさもわき上がってきてしまった。

「ならば、ユイ。お前に頼みがある」

こんな時に何をお願いされるのだろうか。

――すごくエッチなこととか⁉

焦っていると、心の準備をする前にアゼルが口を開いた。

「そのアゼルさん、だが夫婦となった今では他人行儀すぎる。今日からはアゼル、だ」

変なことではなくて、ほっと胸を撫《な》で下ろす。

「わかりました。なるべく頑張って呼びます」

確かに夫婦になったのだから、呼び捨ては普通かもしれない。

けれど、今までがあるので気をつけて呼ばないとすぐにアゼルさんに戻ってしまいそう。

「練習だ。呼んでみろ」

「今、すぐにですか?」

「呼んで欲しい」

そう言われては断れなかった。

彼にじっと見つめられながら、名前を呼んでみる。

さん、をつけたくなるのを何とか口をぎゅっと結んで堪《こら》える。

「アゼル……」

「……ユイ」

応えるようにアゼルもユイの名前を呼んだ。

そして、ぎゅっと抱き締められた。

ネグリジェの上からではあったけれど、ドレスよりも薄いので彼の温《ぬく》もりが伝わってくる。

胸の鼓動がまた大きくなっていった。

「こういう時、気が利いた台詞《せりふ》が思いつかない」

「その方が……アゼルさ……アゼルらしいです」

締め付けていた腕が緩む。ユイはくすりと笑った。

「お前の笑顔が好きだ。堪《たま》らなく好きだ」

アゼルのストレートな言葉が、ユイの胸を高鳴らせる。

「私も好きです。アゼルの顔」

「それは初めて言われた。俺もお前の顔が好きだ……いや全部好きだな」

「ずるいです。私も全部……アゼルのすべてが好きです」

見つめ合っていた距離が徐々に縮まっていく。

触れそうになるところでユイは顎を上げて、目を閉じた。

唇に熱いものが押しつけられる。

式でしたのは一瞬だったけれど、今度は長く。

触れ合っている唇から、熱と好きという気持ちが全身にあふれ出していくようだった。恋人達がキスをする意味が今ならわかる。

――とても身近に、沢山《たくさん》、相手を感じられるから。

「アゼル……」

「ユイ……」

触れるか、触れないかぐらいに唇を離すと、お互いの名前を呼んで、もう一度口づけをした。

キスをするだけで、これほど幸せになれるとは思いもしなかった。

これ以上進んだら、どんなことになってしまうのだろう。

「……いいか？」

何を、とは聞き返さずにユイは頷《うなず》いた。

アゼルの腕がユイを軽々と抱き上げ、ベッドにそっと横たえた。

三本のリボンに手を伸ばすと、それを引く。

しゅっと衣擦れの音がやけに大きく聞こえて、はらりとネグリジェの前がはだけた。

「あっ……」

中から現れた白い双丘の一つに、彼の指が触れる。

無意識に甘い吐息がもれてしまう。

太く、少し硬いその指の感触は、今まで感じたことがなく、まだ触れられただけなのに、ユイを淫らな気持ちにさせた。

「綺麗だ。こんなに綺麗なもの、見たことがない」

ゆっくりと優しく、胸を揺するようにして彼の指が動く。ユイの乳房は彼の手の中で、大きく形を変え、途端に卑猥《ひわい》なものに感じた。

ぞわぞわと淫らな気持ちがさらに込み上げてくる。

アゼルに肌を、胸を触られていると思うと、身体が火照り、恥ずかしさよりも気持ちが溢《あふ》れてきてしまう。

もっと触れて欲しい————と。

全部を彼に知ってもらいたくて、ユイは彼に身を任せ続けた。

「柔らかいな、お前は」

熱を帯びたアゼルの視線を胸に感じる。

それだけでユイの肌はさらに火照ってきてしまった。身体が喜びを表していくかのようで、触れられている胸が、震える。

彼の指も心なしか、熱くなっていくように思えた。

いつも冷静にかまえているアゼル。しかし、ユイの身体に触れているその様子は、徐々に感情的で、情熱的になっていく。

乳房はぴったりと手のひらに密着し、ぎゅっと押しつぶされ、次の瞬間には元の形に戻る。それを官能的に何度も何度も繰り返す。

経験のないユイにはよくわからないのだけれど、胸を揉《も》まれると、心の奥にあった淫らな気持ちを引き出されるような、そんな苦しさが強くなっていく。

「……ん、あっ……あっ！」

聞かれたくないのに、短い吐息がもれてしまう。

自分の声のはずなのに、それは自分でないかのようで、淫らに思える。

彼の指の動きだけでなく、声も、熱も、ユイを駆り立てていた。

――あっ、アゼルの指が……！

「……んんっ！」

アゼルはそれまでずっと片方の腕で片方の乳房だけを揉んでいたのだけれど、もう一方にも腕を伸ばした。

二つの胸を同時に刺激され、ユイはベッドの上で喘《あえ》いだ。

身体が跳ね、勝手に背中がシーツから浮く。小さくベッドが軋《きし》んだ。

ずっと弄《いじ》られていた乳房はもっと、晒《さら》されていた乳房は初めての刺激に震える。二倍になった淫らな感覚は、つい先ほどよりもずっとユイの身体を襲った。

――胸、触られているだけの……はずなのに……あ、あっ！

自分の身体が変になってしまったかと思うほどに、もう身体は熱くなっていた。

火照る肌はしっとりとしてきて、アゼルの手が吸いついてしまう。より淫らに乳房は躍っていた。

苦しくて、でも嬉しくて、よくわからなくなっていく。

「ユイ……」

アゼルに優しい声で呼ばれる。

「……ぁっ！」

それに答えようと笑顔を向けたユイだったけれど、鋭い刺激に身体をびくっと震わせた。

彼の指は、たっぷり弄ったことでツンと硬くなった胸の中心に触れていた。

今までそこは避けられていたのに、今度はアゼルの指がそこばかりを責めてくる。二本の指で挟むと、爪でじわりと擦《こす》っていく。

「あ、あっ……あっ……」

しかも片方だけではなく、両方同時に胸の蕾《つぼみ》を刺激される。

雷が走るように鋭い刺激と快感がユイを襲った。

乳房全体を揉まれていた時の、じわりと来る快感ではなく、身体を直接震わせるような、強く速い刺激。

「……ん、あっ……ん……」

抑えようとしたけれど、吐息が止められない。

唇からあふれ出る声はより淫らなものに聞こえた。

アゼルの指は優しく、けれど決して中断することなく、執拗《しつよう》にユイの乳首を刺激し続けた。

爪で引っ掻《か》くばかりではなく、次第につぶしたり、押し込んだり、様々な動きで翻弄していく。

恥ずかしいのに、これ以上淫らになりたくないのに、胸を突き出すように身体がベッドの上を軽く跳ねる。

さらに彼の手が乳首だけでなく、乳房への刺激を再開したことで、快感は強くなっていった。

――――えっ……？

しかし、そこでふっと片方の胸からアゼルの指の感触が消える。

安堵《あんど》のような、恥ずかしいけれど名残《なごり》惜しいような、そんな気持ちがぽっと生まれた瞬間、また違う肌に彼の指の感触を覚えた。

「あ……」

彼の太い指が、ネグリジェがはだけ晒しているユイの肌を滑っていく。

軌跡を描くかのように胸の下を通り、お腹《なか》を通過して、脚に触れた。

「……あっ、あっ」

脚を触られるのがこんなにも変な気持ちになることを初めて知った。

けれど、アゼルの目的はそこではなく――――。

残っていた薄い靴下に触れる。

「んっ……あっ……」

靴下を下げられるのはとても甘美な感覚で、声が出てしまった。

裸足なんて、子供の頃は普通だったはずなのに。男の人に脱がされただけで、卑猥な気持ちになってしまう。

そして、自分の肌を隠しているものが、数少ないことに気づく。

頼りないぐらいに小さな下の肌着だけだった。

「あっ……だめっ……」

アゼルの手が続いて、腰へと伸びたことで、ユイは反射的に声を上げてしまった。

びくっと彼の手が動きを止めるけれど、それは数秒のこと。

指が下の肌着に触れる。

「あ、あっ……あっ……」

着せられた時は、恥ずかしすぎて視線を向けることができなかったので、細部の作りがどうなっているのか知らないけれど、意外なほど簡単にそれははぎ取られてしまった。

支えられ少し浮かされた脚を下着が滑り、アゼルがそれを床へと放る。

その光景を自分が見るとは思いもしなかった。

ものすごく恥ずかしい。

けれど、これで終わりではない。

――全部……なくなって……それで……。

前をはだけたネグリジェは身に着けているとはいえない。

靴下も肌着も奪い取られ、ユイは今すべての肌をアゼルに見せていた。その事実が胸を突き、隠したい衝動に駆られるけれど、ぐっと堪える。

――私は……アゼルと……結婚したんだから……。

結ばれるためには必要だと、必死に言い聞かせる。

「ここは……特に優しく、触れる」

顔を真っ赤にして、何とか心を落ち着かせようとしていると、彼の優しい声が聞こえてきた。

触られた上に、羞恥心は限界寸前で、彼から落ちてくる吐息さえも、素肌に触れると敏感に反応してしまいそうになる。

我慢できない、疼《うず》きが身体を震わせる。

「寒いか？」

「そうではないのですが……あ、あっ！」

不意打ちのようにアゼルのごつごつとした指が下肢に触れた。

思わず、鋭い声を上げてしまう。

それほどに強い刺激と快感が走って、身体が勝手に震えた。それは胸の先端を弄られた時よりもずっと強い。

まだ、秘部の周りを触られただけなのに。

「嫌か？」

アゼルが心配そうな顔でのぞき込んでいた。

すぐに首を左右へ振る。

「……ち、が……あの……変な気持ちで、気持ちいいから出てしまった声というか……」

「ああ、それは、俺も我慢している。お前は好きなだけもらせ」

――そんなこと、言われても。

アゼルの指が反応を確かめるように膨らんだ下肢を押す。

「ひゃっ……あ、んっ……」

びくんと身体が跳ねて、声がもれた。

今度は彼の指が止まることはなく、そのままゆっくりと媚裂の辺りを擦り始めていく。じわじわと淫靡《いんび》な気持ちが広がってきた。

「ん、あっ、んっ……ああっ……」

指は胸の時と同じように、何度も何度もユイの敏感な場所を刺激してくる。

小さく、何度も震えてしまう。

「アゼ、ル……あ、ん……んぅ……あっ……」

唇をぎゅっと結んでいるはずなのに、甘い淫らな声は止まってくれなかった。

短く、高い嬌声《きょうせい》が静かな部屋に響いていく。

彼の指はゆっくり、けれど確実に蜜で濡れていく秘部に近づいていった。反応を確かめるように、時々強く擦られる。

「柔らかい。壊れてしまいそうなほどに……」

アゼルは呟《つぶや》くと、さらに下肢だけでなく、胸を揉んでいた手も動きを再開した。

しかも先ほどよりもずっと淫らに。

五本の指が別の生き物のように蠢《うごめ》いて、ユイの胸を刺激していく。ぎゅっと乳房を締め付けられ、力が抜けるような、蕩けるような快感を覚える。

嫌な感じではなく、心がざわつき始めた。

――――とても変な感じ……初めてだから？　それとも今後もずっと？

誰にも聞くことができないだろう問いを胸の中に抱く。

ざわつきは大きくなり、身体を溶かすように熱くしていった。

「……ん、あっ、あっ……ああっ、あっ！」

胸と下肢という敏感な場所を同時に触られ、ユイは甘い声を我慢できなくなってしまった。

何度も、短く、連続的に嬌声を部屋に響かせる。

彼の逞《たくま》しい指の感触を覚える度、まるでもっとして欲しいとばかりに声を上げてしまう。実際に好きな人に触れる喜びも感じていた。

彼の手の中にいることが嬉しかった。

肌は帯びた熱で汗ばみ、秘部も何度も触られたことで柔らかくなっていく。

蜜が溢れ、全身が淫らになっていく感覚をユイは初めて覚えた。

「あ、あぁぁ……んぅ……あぁぁ……」

ユイだけでなく、アゼルの吐息もいつの間にか荒くなっていて、交互に聞こえ、混ざり合っていく。

目の前の逞しいアゼルの胸板が愛《いと》しくなる。あれに顔を埋《うず》めてしまいたい。

そうすれば、恥ずかしい淫らになっている顔を見られずに済む。

しかし、アゼルは行為に集中しながらもユイに熱い視線を向けていた。

「繋《つな》がるぞ」

あまりに直接的な言い方に、思わず恥ずかしくなってしまう。

それでも真っ赤な顔でユイはしっかりと頷いた。

「痛くなったら、絶対に言え」

もう一度頷くと、それを確認してからアゼルがガウンをはだける。

そして、覆い被さるように身体を合わせてきた。

素肌同士が触れ合い、アゼルへの気持ちと感触が加速していく。

「……アゼル……あ、んっ！」

ネグリジェをはだけられ、ベッドに身体を横たえたユイの足の間に、熱いものが割って入ってくる。

それはとても大きく、硬く、熱い。

――男の人のって、こんななの⁉

最初に触れた腿が焼けるように熱くなった。

自分の中に入るのか不安になるのだけれど、ここまで来たら身を任せるしかない。

せめてアゼルが楽になるようにと、必死に身体の力を抜こうとする。

「あ、あ、あっ……あっ！」

肉棒の先端が腿を擦り、秘部にたどり着く。

たっぷりと愛撫《あいぶ》をしてくれたおかげでそこは蜜で濡れていて、彼のものをほとんど痛みなく受け入れてくれた。

「ん、あ、あぁ……んんっ……！」

徐々に彼が中へと入ってくる。

心配させないようにと声を上げないようにしたかったけれど、無理だった。

アゼルの肉杭は大きくて、熱くて、膣壁を押し広げるようにして入ってくる。

今まで決して感じたことのない強烈な刺激と、淫らな気持ちが溢れた。さらに少しでも動く度にそれぞれのものが反応して、快感が生まれていく。

ゆっくりとだけれど、自分の中にいる彼の一部が大きくなっていった。

けれど、それもすぐに止まる。

何かが最後に、阻むようにして二人の繋がりを押しとどめていた。

「……あっ！　んっ！」

「ユイ！」

大丈夫か？　とアゼルの瞳が言っていた。

それが初めてのためだと気づいて、ユイは頷いた。

少し我慢すればいいだけ。

「あ、ああっ……あ――――！」

アゼルが力強く腰を押しつけたので、シーツをぎゅっと握りしめた。

すると、箍《たが》が外れたように、肉杭が一気に突き進む。膣襞が激しく肉棒で擦られ、思わず長く高い声を上げてしまう。

何かが腿を流れて落ちていくのを感じた。

「すまない。少し強引だったか？」

アゼルの手が、汗で濡れたユイの額を撫でた。

上手《うま》く声を出せる自信がないので首を横に振る。

しばらくすると、自分の中に彼のものがすべて収まってしまっているのがはっきりとわかった。ドクドクと脈打ち、震えている。

体温も鼓動もアゼルが最も近くにいた。

それは嬉しさ以外のなにものでもなくて、涙が出そうになる。けれど、ここで泣いたらアゼルが心配してしまうだろうと思い、ぐっと堪えた。

「ここで止《や》めてもいいが」

アゼルに比べたら小さなユイを心配しているのだろう。

実際に彼の肉杭は大きくて、入るのかと心配になったぐらい。

けれど、繋がってみると意外なほどに硬くあって、柔らかく、蜜の助けもあって、痛くはなかった。もちろん、苦しくなるぐらいにいっぱいなのだけれど。

「最後まで……最初だから……」

必死に掠《かす》れた声を出すと、無理するなとアゼルがもう一度頭を撫でてくれる。

首を振ると小さく「わかった」と呟くのが聞こえた。

それから腰をゆっくり動かし始める。

「あ、あぁぁ……あぁ……」

腰を引かれ、絡み合うかのように密着していた膣と肉杭とが擦れた。

火花のように刺激が生まれていく。

けれど、それはだんだんと気持ちいいものでもあるとわかる。

ただ、あまりにも強烈なだけ。

「ん、あっ……あっ……ああっ……ん、あ、あっ……」

引かれていた腰が今度は前後に動きだした。

抽送し、今ではあふれ出すほどの蜜で満ちた膣がかき混ぜられていく。

嬌声を上げずにいられなかった。

「……あ、んっ！　あ、あっ！　あっ！」

――アゼル……と、だから……？

――苦しいのに、なんだか、とても……。

まるでアゼルがここにいると主張するかのように、肉杭が膣内で暴れていた。

初めはゆっくりだった抽送が、おそらく彼も意識せずに速くなっていく。それは刺激と快感を強くすることになって――。

――気持ちよくて……自分じゃないみたいな甘い声……！

「ひ、あっ……ああっ！　あぁぁ！」

膣奥に肉杭が再び到達し、突き刺さる。

その刺激で全身が激しく痙攣《けいれん》した。

アゼルの行為は優しくも力強く、ユイを乱していく。

――私の中で……アゼルが……溢れていく……。

激しい行為には違いないけれど、気持ちはしっかりと繋がったままで、彼が愛おしい。

「ん、あ、あ、あっ……ああっ！」

肉棒はさらに大きくなり、ユイを襲った。

何だかわからない、大きな衝動が込み上げてくる。

「ユイ、不思議だ……愛おしいのに……もう我慢ができない……」

「……アゼル……大丈夫……優しさ……感じてる」

荒い息を吐きながら、互いに自らの感情を確認する。

アゼルの影が大きくなり、ユイに口づけした。

ユイも彼の首に手を回し、抱き締める。

もっと触れたい、もっと繋がりたい——その欲求が限度なく溢れていく。

そして、まだ知らない終わりに向かって進んだ。

「あ、あぁぁ……ああ……あああ……」

規則性を失った抽送が暴れだし、膣内をすべて刺激していく。

わき上がってきた衝動は抑えきれないものに膨らんでいった。

お互いを抱き締め合い、唇を強く重ねる。

身体が一番深く繋がった時、快感の渦が二人同時に訪れた。

「あっ……んんんっ！　んぅぅ……」

「……くっ！」

嬌声が寝室に響く。

全身でアゼルを感じながら、ユイは絶頂を迎えていた。

膣を震わせ、全身をふるふると痙攣させる。

二人の間を熱いものが満たし、幸せで気怠《けだる》い余韻が流れる。

あまりの激しい時間で、それからもしばらくユイは身体を動かすことができなかった。

アゼルは隣に身体を横たえるとぎゅっと抱き締めてくれて……逞しく、温かな胸の中で、ユイはその日愛しい人に包まれ、眠りに落ちた。

……。


……………。

それは目が覚めても、夢ではなくて――――。

「んっ……」

ユイの身じろぎで、アゼルが先にはっきりと琥珀の瞳を開けた。

朝の光が差し込んできている……。

――――私、あのまま……。

ぼんやりとしていたユイの頭が、ハッとなる。

「わっ……あっ、おはようございます、アゼルさ――――じゃなかった……アゼル」

「おはよう、ユイ……」

ちゅっと額に音を立ててされたキスは、痺《しび》れて悶《もだ》えてしまうほどに甘かった。

【第六章】 強面騎士を人気者領主にする方法～宴で激しく介抱されて～

結婚式を終えて一週間……。

ユイの隣にはアゼルが夫としていることが当たり前になり、力不足なりにも領主の妻という生活サイクルが身についてきた。

領主の妻は、女主人ともいい、夫のいない間に城を守り、切り盛りする役目があるのだとか。

――肝心のアゼルが留守の時がないのですけれど……。

ユイなりに自由に過ごして欲しいとアゼルに言われているので、何事にも挑戦しつつ、畑や牧場に顔を出す毎日。

お城のことは執事のレドリーやカルナに少しずつ学んでいる。

実際のところは全部アゼルの頭に入っていて、彼が城の点検も、備品の補充も、食料の在庫管理までしてしまっているのだけれど……。

今日はアゼルが日課にしている領地視察に同行する。

村に領主の妻として訪れることは初めてで、変な奥さんだと領民に思われないか緊張してしまう。

村の人の多くは結婚式には来てくれたけど、アゼルには相変わらずぎこちないようだった。

その妻であるユイに対しては様子見……と、いったところだろうか。

ユイが二十日大根を植えた畑の作物は、隣へカルナに買ってきてもらったトマトの苗を植えて張り切って支柱の棒を立てたきり、増えない。

村の人にも使って欲しいからと空けてある区画は土のままだ。

自由に植えられることを知らない人もいるかもしれないし、今日はたっぷり宣伝をして。

――親しまれる領主の奥さんになろう。

ユイは奥さんっぽくニコニコ笑う練習を馬上でしていた。

印象に残る笑顔は大事だ。

ヒヤシンスブルーのドレスは、王都から届いたばかりの最初の品。

ユイの着まわしていたドレスの一着が行方《ゆくえ》不明だと思っていたら、サイズ合わせのために職人に送られたらしく、一緒に戻ってきていた。

春に色濃く咲く、高貴な花のようなドレスは、ひらひらとフリルがついていたが、それらは花弁のような形をしていたので、大人っぽい作り。

ドレスに負けないように姿勢を正して、アゼルの前に横乗りで馬に乗る。

身体はぴったりとくっつき、まるで馬上でお姫様抱っこされている図であった。

二人乗りでも、彼の見事な黒色の愛馬は涼しげな顔をしていた。

馬に乗るのが初めてなユイは、落ちてドレスを汚したら……とヒヤヒヤ考えていたけれど、アゼルがかっちり固定してくれているので、何も心配がなかった。

慣れてくると、景色を楽しむ余裕も出てくる。

徒歩でも行くことができる村は、馬に乗るとすぐについてしまう。

帰りは遠回りしたいな――――と考えながら、ユイはアゼルの手を借りて井戸のある広場へ降り立った。

二十人ぐらいの村人が、洗い場で野菜を洗ったり、談笑をしたり、大工仕事をしている。

彼らは遠巻きにユイとアゼルを見ていたけれど、近づいていくとぺこりと頭を下げて、次々と家へ帰ってしまう。

「……どうして」

思わずもらしてしまった言葉にアゼルが苦笑いする。

「いつものことだ、気にするな」

そう、アゼルにとってこの村人の反応は普通なのだろうけれど、何とかしたい。

羊飼いのジョセフがそうであったように、村人に彼を知って欲しい。彼の妻になってから、より一層思うことだった。

「アゼルはいい旦那様なのに誤解されています」

「嬉しいが、そこはいい領主だ」

「あっ……」

恥ずかしい間違いを指摘され、さっとユイは顔を赤くした。

村人によっては旦那様よりも領主様の方が先だ。

「何か良い解決方法がないものでしょうか？」

「致し方ない。怖がられるのは今に始まったことではない」

ユイは何かきっかけがないかと広場を見渡した。

けれど、目が合うと村人にはやはりさっと逸らされてしまう。

——これでは、話をするのも難しいかも。

途方に暮れていると、井戸のすぐ横に置かれた何の装飾もない鉄の箱に気づいた。

「あの箱ってなんですか？」

「意見箱だ……覚えているか？　以前、ジョセフから村のことで相談を受けたことがあっただろう」

丘の上から二人で村を見ていたら、羊の大群が向かってきた時の話だ。

「俺に直接言いにくいのであれば、無記名の手紙ならと思い、それを入れるよう箱を用意してみた」

——目安箱……的なのかな？

結構いい案かも。アゼルが恐れられている大部分は、おそらく顔なのだから。

面と向かってでなければ、意見を言ってくれるかも。

「結果はどうでした？」

「いや、未《いま》だかつてこの箱に手紙が入っていたことはない」

少し期待していたのだけれど、思った以上に根が深いみたい。

アゼルはアゼルなりに努力しているようだけれど。

「回収は誰がなさっているんですか？」

「当然、俺だ。きちんと毎日、最低二度ほど見に来ている。通りかかった時は必ず見る」

「えっ……アゼルがですか？　一人で……一日に何度も……」

村の中心にある、人が多く集まる井戸。

そこに大柄なアゼルが意見箱をちょこちょこ確認しに来る。

――それは……入れづらいかも……。

真面目《まじめ》な彼らしい行動なのだけれど、それが逆に仇《あだ》となってしまったみたい。

「何か問題があったか？」

「言いづらいのですが……こんなに人が集まる場所だと無記名でも誰が入れたか簡単にわかってしまいますし、入れる時にアゼルさんとばったり会うかもしれないと考えてしまいます」

それでも、効果があるとわかれば入れそうなものだけれど。

せめて、前例があれば続く者が出るかも。

ジョセフさんや城の使用人達にサクラを頼んだ方がいいのかな。

でも、サクラだとわかってしまったら、逆効果になるかもしれないし……。

「とりあえず、もう少し人通りの少ない外れに置きましょう」

「わかった。すぐに移動しよう」

重そうな鉄の箱を、軽々とアゼルが持ち上げ、肩に担ぐ。

――えっ、引きずるのではなくひょいと上げちゃう……？　荷車は？

アゼルは設置した時もこうやって担いできたのだろうか。

確かに自分が持てない重さの箱は作らないだろうけれど、彼の怪力には驚かされてしまう。

ユイが五人でも、羊が四匹でも、棺桶《かんおけ》みたいな鉄の箱でも……屈強だ。

遠巻きに見ていた子供達も驚いたようで「すげー」「あれ全然動かなかったのにー」などの歓声が上がる。

ユイが笑顔で手を振ると、子供は無邪気に返してくれた。

「……これ、いけるかも！」

ふとアゼルと村人の距離を縮める良いアイディアを思いつく。

――力自慢は、子供が喜ぶんじゃないかな？

「ユイ、行くぞ。設置場所に心当たりがある……んっ？」

意見箱を運ぶために、広場から離れようとした彼が動きを止める。

見ると小さな子供がアゼルの足にぶつかって、転んでいた。

「危ないぞ。前を見て歩け」

アゼルにしたら普通に言ったのだろうけれど、さぞ怖く見えただろう。

子供が泣きだしそうになる。

ユイは素早く子供に駆け寄った。

「大丈夫？　ごめんなさいね。誰も怒っていないのよ」

頭を撫でたので、何とか涙を堪えて子供が頷く。

「怖がらせちゃったお詫びに、このお兄さんが面白い遊びしてあげる」

「面白い遊び⁉　どんなの？」

好奇心が勝ったようで、もう笑顔になって子供が興味津々にアゼルを見上げている。

すかさずユイはアゼルに耳打ちした。

――――持ち上げて、遊んであげて。

「この子を持ち上げればいいのか？」

頷くと、アゼルが意見箱を下ろし、先ほどの子供の脇を左右から掴《つか》む。

くすぐったいのか、きゃっきゃっと言っている子供を持ち上げた。

「うわー、高い。高いよ。あははは っ」

「もっと高いのがいいのか？」

子供が喜んでいるのを聞いて、さらに腕を高く掲げる。

「アゼル、ストップ！　さすがにそれ以上は高すぎです！」

背の高いアゼルが腕を伸ばすと、平屋の天井ぐらいまで余裕で届きそう。

さすがに子供もそれは怖い。

「……そうか、すまない」

アゼルは腕をゆっくり下げ、子供を地面に下ろす。

「お兄さん、ありがとー」

子供が無邪気な笑顔を彼に向けてくれている。

つかみは完璧。あとは――――。

「他にもやってみたい人ー。早い者勝ちだよー」

ユイが声を張り上げると、見ていた他の子供達が一斉に寄ってきた。

中には一緒にいた親が止めようとしたけれど、それを避《よ》けて集まってくる。

「じゃあ、四人一気にやっちゃおうか。みんなお兄さんの腕に掴まって」

四人の子供が、屈《かか》んだアゼルの太い腕を掴む。

――――いけるよね……これぐらい？

ユイの合図で彼が立ち上がると、子供達は大喜びでぶら下がっている。

「次は……座っちゃおうか。四人乗せても大丈夫。強い領主様だよー」

次の四人の子供達は腕に座らせる。

やはり、アゼルは軽々と立ち上がり、子供達を喜ばせた。

その光景に心配していた村人達の表情も緩んだ。

「もし、この人を村で見つけたら。いつでもやってあげるからねー」

勝手に約束すると、子供達は「本当に⁉」と目を輝かせる。

好感度が上がったところを見計らって、ユイは村人達にも聞こえるよう声を上げた。

「村の方々、もし何かお困りのことがあれば、この領主アゼルが誠心誠意解決します。子供達と同様、見つけたら気軽に話しかけてくださいねー」

子供達に囲まれ、「もっとやって」とせがまれているアゼルの様子に、村人達がやっと警戒心を解いて集まってきた。

そして、意見箱の移動を伝えると、気にはしていたらしくぽつぽつと、アゼルとユイに向かって困り事を伝えてくる。

「最近、村を荒らすイノシシが出るみたいで……」

「水車の調子がどうも悪い気がするんだが……」

「父が植えてくれた林檎《りんご》の木が元気なくて。最近寒かったし、雨も少なかったから……」

「村に獣医が常駐してくれないかね？　家畜の具合が悪くなる度に呼び寄せるのは大変で」

同時に話しかけられたのだけれど、ユイは得意の暗記ではっきり記憶した。

――動物と水車と獣医はアゼルに任せて……林檎の木にはきっと高山様用の植物栄養剤が使えるはず！

頭の中で整理する。どれも何とかなりそう。

「アゼル、とりあえず城に戻って村に住んでくれる獣医の手配と、私の荷物一式を持ってきてください。それで戻ったらすぐに水車の具合を見に行って、そのままイノシシ退治。ついでなのでイノシシは捌《さば》いてきてください。夜は、それで鍋にして皆さんに振る舞いましょう。だから追加で香辛料と大きめの鍋をお願いします」

「獣医の手配、お前の荷物一式と香辛料と鍋、水車の確認、イノシシ退治。イノシシは捌いて村に持ち帰る。すべて承知した。行ってくる」

ユイの指示に、アゼルが復唱する。

周りから「おぉ！」と感心する声が上がったと同時にざわっとも聞こえてくる。

「なんだか、嫁さんの方が怖そうだな」

一人の村人が呟く。

それが失言だと思わせる前に、ユイは言葉を挟んだ。

「そうですよ。アゼルは姿ばかりで、全然怖くないんですから。とっても優しいんですよ」

村人達がユイの命令でさっそく城に戻っていくアゼルの背中を見て、頷く。

「ウチとおんなじだな！　父さん、母さんにはいっつも怒られてばっかだし」

子供の言葉で、笑い声があちこちから上がる。

――――よし、良い感じ。

ここにいない人にも、今日のことはやがて伝わる。そして、アゼルが村を訪れる度に子供達が駆け寄ってくる姿を見るはず。

そんな姿は、領主をずっと身近に感じさせてくれるだろう。

ユイは一人、心の中で成功を確信した。

ユイとアゼルは城の応接間《ドローイングルーム》で、緊張しながら向かい合って座っていた。

二人の間に置かれているテーブルには一枚の手紙――。

村人の困り事を解決して回るようになってから、二週間が過ぎていた。

その間、客観的に見ても、アゼルと領民との距離は日々縮まっていったように思う。

子供に懐いてもらうことで、大人達にもアゼルへ話しかけやすい雰囲気を作る作戦は、効果てきめん。加えて、アゼルの働きぶりも領民からの株を上げることになった。

畑を荒らしていたイノシシは、瞬く間にアゼルが狩り、鍋になって村人達の胃袋に収まる。

水車は引っかかっていた石を簡単に取り除《の》け、獣医には高額の謝礼とアゼルからの給金で、腕のいい人を領地外から村に呼び寄せた。

ユイも、枯れかかった林檎の木を元の世界から持ってきていた植物栄養剤を使って元気にし、手伝うことができた。

翌日からも領民から困り事が舞い込み、それをユイとアゼルが中心になってさばく。

それら努力の結果として、ついに城の畑を使いたいという相談もあり、あの寂しかった畑にも色々なものが植わるようになっていた。

色々と農作業のプロである村人に教えてもらえるし、雑草は当たり前のようにユイの二十日大根のところまで目ざとく抜いてある。

先を越されたと、競うように早起きをするようになった。

この間してくれたから、次は先に向こうの分まで雑草を抜いてあげようと。

領地のために、と思って行動したことだけれど、何だかユイ自身が楽しんでいる。

そんな成果が見え始めた時だった。

一枚の手紙が意見箱に入っていたのは――――。

「やりましたね」

念願の領民からの意見箱に投入された、記念すべき一枚目――――その羊皮紙が二人の取り囲むテーブルの上にあった。

「ああ、さっそく読んでみるぞ」

「お願いします」

緊張しながらアゼルの言葉に耳を傾ける。

ここに来て、もし悪口や悪戯《いたずら》だったらどうしようかと不安になってきた。

アゼルが落胆しないよう先に目を通しておけばよかったのに。

「領主様、奥様へ。村祭りを盛り上げて欲しいです。例年、楽しみにしているのにダンスが終わると隣の領地から来た人達もすぐに帰ってしまい、閑散とします。せっかく出した露店が昼には店じまいみたいになってしまうし、何とかならないでしょうか?」

心配が的中せずにほっと胸を撫で下ろす。

逆に、きちんとした領主への意見みたい。

「祭りか……」

「……お祭り、あるんですね？　いつですか？」

考え込むアゼルにユイが尋ねる。

「ちょうど一週間後だな。豊牧祭《ほうぼくさい》という。たしか……かつて、家畜の食べる草が少なくなり困っていた時、神に祈ったのが起源だそうだ。国内でも珍しく、歴史も古い」

アゼルの下調べは今日も完璧。

少し自慢したくなるけれど、相手がいないのが残念です。

「餌になる草が育つようにって……確かに珍しいですね」

思い返せば、この辺りでは畑よりも牧畜の方が多いかもしれない。

「王都からお客さんはこないのですか？」

珍しい祭りならば、内外にアピールする機会だと思ったのだけれど……。

「そんなに盛大な祭りでもない。古い分、儀式的なことは形骸化してしまっているしな」

「うーん、もったいないですね。アゼルは参加したことがあるんですか？」

頭の中で色々と考えながら彼に質問していく。

自分は見たことがないので、まずは現状を把握しないと。

「参加……参加はしていない。見てはいたが」

「どういうことです？」

見ていたなら、参加していたことになると思うけれど。

「怖がらせないように陰からそっと見ていた」

「そういうことですか……そっちの方が怖いと思いますよ」

想像するとアゼルが不憫《ふびん》だ。

「今年は普通に見る、ではなく参加してくださいね」

「ああ……そうだな」

嬉しそうにアゼルが表情を少しだけ崩す。

「まずは、祭りの問題点の洗い出しですね。催し物はどんなものがあるんですか？」

「書いてある通りだ。ダンスと露店。あとは開会の挨拶、閉会の挨拶」

「他に……ないのですか？」

聞き返すとアゼルが頷く。

「なるほど、イベントが少ないと間が持たなくて、すぐに人がいなくなってしまいますよね」

盛り上げる追加の催し物が必要そうだ。

「すまない、忘れていた。力自慢大会として腕相撲《うでずもう》がある」

「あれ？　それは盛り上がらないのですか？」

響きからして、歓声が沸きそうだけど……。

「ああ。毎年、出場者が決まっていて、力の差は毎年変わらず優勝者も決まっている。つまらない」

アゼルが忘れていて、かつ、つまらないと言い切ってしまえるぐらいなのだから、盛り上がらないことは想像できた。

「でしたら、今年はその腕相撲大会に、アゼルが飛び入りで参加しましょう。領主として、いいアピールにもなりますし……けど、それですとアゼルの圧勝に……そうだ！　式に来てくれた騎士隊の方、一人でもいいから呼べませんか？」

「良い案だ。今頃奴らは休暇中だ。手紙を書けば間に合う」

屈強な騎士隊がいれば、お祭りは盛り上がるだろう。

「せっかくですから腕相撲も男の人だけでなく、女の人や子供の部も作って広く参加者を募ってみませんか？」

「面白いな。確かにそれならば、盛り上がりそうだ」

さらさらっとアゼルが手元の紙に祭りの改善点を書きとめていく。

「追加の催し物ですけれど、こんなのはどうでしょうか？」

考えついたお祭りでやりそうで、盛り上がりそうなことを並べていく。

大食い競争、家畜の品評会、牧羊犬の競技会、羊の体重当てクイズなど。

まるで学園祭の企画を考えているようで、楽しくて、アイディアが湧いてくる。

元の世界では、ほとんど参加した記憶がないのに不思議だった。

「祭りまであまり時間がないので、全部ではなく、実現できそうなものを二、三絞って準備する方向でどうでしょうか？」

「大食い競争はいいな。腹一杯食べられると思えば、参加者は必ず集まる」

加えて、アゼルからは領民が露店を出す際の援助や、場所の優遇策、他の領地への告知や、城の空き部屋を休憩や宿泊用に開放するといった、運営的な案が出された。

「ユイがいて助かる。俺では思いつかない」

「私もです。アゼルの考えは細かい配慮があって素晴らしいと思います」

テーブルに置いた手に、アゼルが手を重ねる。

夫婦は二人で一つなのだと、改めて思う。

最後に、ユイは個人的に気になることを聞いてみることにした。

「ダンスって……男女で踊るんですよね？」

――できることならば……お祭りを楽しんでみたい。

「だから盛り上がらない祭りの中でも、唯一人気があった。特に年頃の娘には。お前も踊りたいの……か？」

そこまで言って、アゼルはユイの質問の意図に気づいてくれたみたいだ。

「俺と？　そこまで気が回らなかった、すまない。俺と踊ってくれ」

「踊ったことないのですが……難しいですか、村のダンスって？」

ダンスなんてほとんど経験がない。

これから学ばなければとは思っていたけれど。

「簡単だ、一列になって、繰り返し同じことをする」

「アゼルが当日までに教えてくれますか？」

「もちろんだ。やる気になれば今日にでもマスターできる。俺とお前でダンスも例年以上、盛り上げるぞ」

さっそくアゼルが握った手を引っ張り、やや強引に立たされてしまう。

やる気満々の彼を頼もしく思いながら、ダンスの練習が始まった――――。

「まずは方向だ。こうやって並んで、男と女の列ができる。今は先頭にいる想定だ」

「はいっ」

彼の教え方に迷いはなく、騎士ってこんなこともできるんだと感心すらしてしまう。

しゃんと伸びた背に、気品すら感じる。

ユイは精一杯姿勢を良くしようと、胸を反らした。

「あげた片手でさらうように手を取り、つないで、右左右、タッタッタ……のリズムだ」

「アゼル、速いです……えーと、タッ、タッ……タ？」

アゼルよりだいぶ遅くなりながらも、正確さを意識して足を動かすとアゼルが大げさに手を叩いた。自分のことみたいに喜んで褒めてくれている。

「やればできるじゃないか！　上手いぞ」

――――大げさに盛り上げてくれているっぽいけど、なんだか嬉しい。

「次はターンだ。ぐいっと、こんな風に」

「は、はい！」

ダンスっぽい本格的な動きで、グーンと腕を引かれる。

振り回されただけなのに、何やら踊れている気になるから不思議だった。

これがエスコート上手というものだろうか……。すごい！

「反対向きに繰り返すぞ、左右左タッタッタでターンだ」

ステップとターンが頭と身体をフルに使って成功する。

「アゼル、なんだか踊れている気がします。教官の教えがいいんですね。次は、どうやるんですか？」

「任せておけ。次は少し密着して、腕を組んで半円だ。じらすように、動きを探るように」

ユイはアゼルにぴたっとくっついて動きを真似《まね》た。

――ダンスって、結構近づくんだ……。

――ああ、手のひらに汗をかいちゃったかも。次につないだら恥ずかしいかな。

照れている方が変だと考えながら、健全に……と、彼に続く。

しかし、反対側のステップをする前に、アゼルを意識する気持ちが強くなり、動きが飛んでしまう。ドレスの裾が、ふわりと広がるだけ。

――ああ、忘れた……。

顔色一つ変えないアゼルには笑われそうだ。

「ごめんなさい……アゼル。反対側のステップをもう一度お願いします」

「いいだろう。さっきの半円の逆に――――こうで、こう……続いて……」

――あれ……アゼル、さっきと同じ向きで逆になってないんじゃ……。

「…………アゼル、同じではありませんか？」

「――――すまん、お前を意識したら、ステップがどうでもよくなって、飛んだ」

心底申し訳なさそうに、でもきっぱりとアゼルが口にする。

「ええっ！　忘れちゃったんですか……」

「お前が密着するからだ。理性まで飛ばす気か」

アゼルの上着が降ってきて、ドレスごとユイを包《くる》む。

ぶかぶかのそれは、ユイの肩から足首まですっぽりと覆い隠した。

「さっきから、その裾もふわふわと俺を誘惑している！」

「してませんっ！　真面目に教わっていましたよ」

いらぬ疑いをかけられて、ユイは言い返す。すごいとか、健全とか褒めていたの、撤回！

むっとした顔を彼に向けると、目が合った。その瞳が驚愕《きょうがく》に見開かれる。

「な、っ……！」

「今度は何ですか、アゼル。きゃっ！　ちょっ……」

アゼルがガバッとユイに抱きついてくる。

そして、大真面目な声を唸《うな》るように上げた。

「俺の上着をぶかぶかに羽織ったお前も、いい！」

「真面目にやってくださいっ！」

それからダンスレッスンの度にユイは襲われた。

慌ただしくも時間はすぐに過ぎてしまうもので――。

準備やダンスの練習に追われ、気づくと豊牧祭の当日になっていた。

ホルバイン村の広場には、開会を前にして人が溢れんばかり。

村全体には赤や黄色、青や紫の三角の旗が飾り付けられている。

これは、村の女の人に手伝ってもらい、古くなったカーテンやドレスを使って作ったもの。

いつもよりもずっと華やかな雰囲気作りに役立ってくれた。

広場だけでなく、村中の道にはずらりと露店が並び、稼ぎ時とばかりに領民や商人が声を張り上げている。

「ウォーハルスト領がこれほど賑《にぎ》わったのは、村ができて初めてのことかもな」

「こんなに成功するとは思わなかったです」

宣伝もうまくいったようで、商人の姿を多くみたし、明らかに領地外からの人が押し寄せてきていた。

城の臨時宿泊施設も大賑わい。

ちなみにアゼルは無料でいいと言ったけれど、領地外の人には無料ではなく、お金を取ることにした。その方が村に還元できるし、気に入って移り住もうとする人がでてくるかもしれないから。

「始まるのが本当に楽しみです」

ユイはアプリコット色のドレスに身を包んでいた。たっぷり膨らんだ裾と、袖にはバニラ色をしたレースが華やかについている。

ウエストラインには大きな茜色《あかねいろ》のリボンで、順番に小さくなるリボン飾りがスカート部分を彩っていた。

アップにした髪は、トパーズとルビーが交互にはまったフィレットで留められている。なるべく大人びて見せるための装い。

初めての村のお祭りを、領主の妻としてきっちり務め上げたいという意気込みだ。

アゼルも腕相撲大会を盛り上げるべく、鎧を着こんでいる。

「始まるようだな」

アゼルが昨日、簡単に作り上げてしまった木製の壇上に、村長が上がる。

何でも戦地でその場の木材を使って何かを作ることがあるらしく、日曜大工は得意で、祭りの催し物に必要だった大抵のものはアゼルが自ら作ってしまった。

「……今日、ここに……豊牧祭……の始まりを宣言する」

村長は人の多さに呑《の》まれてしまったようで、挨拶も飛ばしていきなり宣言を口にした。

けれど、すでに盛り上がり始めている観客は誰も気にしていない。

逆に中から思ってもみなかった声が上がった。

「アゼル様……びびってる村長に代わって挨拶をしてくださいよー！」

「そうだ、そうだ。誰より考え、誰より働いて、お金まで出してくれたんだ。我らが領主様」

それをきっかけに、人々が「領主様」「アゼル様」と口にする。

場を治めるために、アゼルは颯爽《さっそう》と壇上に上がった。

「いつも怖がらせてすまん、領主のアゼルだ」

第一声にみんなが吹き出す。

ユイも思わず、笑ってしまう。何ともアゼルらしい最初の言葉。

「一つだけ指摘させてもらおう。今日、祭りが盛況なのは俺だけでなく、村の皆とそれに……俺の妻であるユイのおかげだ」

アゼルがユイに向かって、手を伸ばす。

困ったけれど、その手を摑むと壇上に引き上げられた。

肩を抱かれ、頰を赤くしながら彼の隣に立つ。

「もう一度言おう。皆のおかげだ。精一杯楽しめ！」

短いけれど、とても良いアゼルのスピーチ。

観客からは領地中に届こうかという、地響きのような歓声が上がる。

誰もがすでに笑顔になっていた。


最初の催し物はダンス。

真っ先にアゼルはユイを誘って広場の真ん中に躍り出た。

開会のスピーチですっかり祭りの人気者になっていたので、若い人達だけでなく、様々な人が遠慮なく、周りにかけより、踊りに加わってくれた。

ステップを踏み、アゼルと手を合わせ、くるりと回る。練習は脱線しながらもどうにか仕上げた。

音楽に合わせて身体を動かすのは、とても楽しくて、祭りだということもあって、領民との壁はなくなっていた。

「完璧だ、ユイ」

「アゼルがダンスを思い出してくれて助かりました」

ほんの少し含みを入れて、踊っているテンションのままにターンをしながら彼へ伝える。

「元騎士のたしなみだ、身体に染みついてるものは簡単に忘れない。剣舞の方が得意だが」

アゼルにリードされて、ユイも楽しむ。

やがてダンスの曲はやみ、お辞儀をして終わる。

皆、名残惜しそうな顔しているから大成功。

しかし、次の催し物は腕相撲のため、休憩時間とばかりに広場から人が離れていこうとする。

ユイはアゼルに目配せした。

「腕相撲、今年は俺も出る！　もし俺に勝つことができたら何でも叶《かな》えよう」

領主の宣言に「おぉ！」と皆から声が上がる。

「女性の部も子供の部もありますよ！　優勝賞品は、それぞれ山羊《やぎ》一匹ですよ！　男女ともに飛び込みも受け付けてます！」

賞品をお金ではなく、山羊にしたのはユイのアイディア。

乳を搾ればミルクとなり、チーズも作れる山羊は家計を切り盛りする女性からしたら、きっとお金よりも欲しいもののはず。

狙いは的中で、あちこちから「参加します！」と手が挙がる。

広場に人が一斉に戻ってきた。

「隊長、何でもとは本当ですか？　たとえば、奥様と一日デートをする券でも？」

「駄目だ！　それだけは約束できない！　他のものにしろ！　絶対だ！」

珍しい、アゼルの焦った口調。早口でまくし立てた。

「じゃあ……奥様の手料理を食べる権利、奥様と談笑する権利、などはいかがです？」

「駄目に決まっているだろう。ぐっ……なぜユイばかりを……むっ、ロッシュ！　お前か！　俺の妻を狙っている極悪人は」

変なことを賞品にしようと言い出したのは、アゼルが呼んだ元部下のロッシュだった。

「じょ、冗談ですよ。本気にしないでください」

慌ててロッシュが否定すると、二人のやり取りに周りからどっと笑い声がもれた。

「ロッシュ以下、四名。元隊長の要請に従い、豊牧祭の腕相撲大会に参加するため参上いたしました」

そこには、ロッシュだけでなく、その後ろには同じくアゼルの元部下ラダメス、マウリシオ、セロンの姿もあった。

周りの人から「騎士様が参加！」と驚きの声が上がる。

参加者よりも観客が増えていく。

腕相撲大会はすでに開始前から盛り上がっていた。


さすがに力の差があるので、男性の部は騎士隊と一般の人とに分けて、それらの優勝者が戦い、さらなる勝者がアゼルと戦うことになった。

騎士の部では、ロッシュさんを死闘の末破ったマウリシオさんと、セロンさんを破ったラダメスさんが当たって、何と白髪の騎士ラダメスさんが勝利。

マウリシオさんはロッシュさんとの戦いで力を使い尽くしていたみたい。

一般の部は、毎年優勝している木こりの男性が勝ち進める。

そこでちょっとしたハプニングが起きた。

アゼルが我慢できずに、「お前ら、まとめてかかってこい」と宣言。

結果、二人がかり、あと途中からルール無視でロッシュさんも加わったけれど、結局アゼルの腕を倒すことはできなかった。

ちなみに……ユイも女性の部で参加したけれど、一回戦負け。賞品に目標をがっちり定め、毎日農業や牧畜で働く女性達に、ユイが敵《かな》うわけもなかった。

でも、この日最大の驚きは、女性の部の優勝者がカルナさんだったこと。

侍女の力、侮るべからず、でした。

「隊長、腕相撲では負けましたが、現役の騎士隊長として剣の腕ならば負けないつもりです。どうです？　騎士の連中だけで手合わせといきませんか？　隊長は隠居中だし、おれらも休暇中ってことで！」

国内でも有数の騎士の仕合が見られるとあって、ロッシュの言葉に周りが沸く。

「いいだろう、受けて立つ。俺がいなくなって腑《ふぬ》抜けていないか、確かめてやる」

領主の言葉に「わっ！」と領民から歓声が上がる。

「盛り上がっているところ悪いですが、わたくしは出ませんよ」

さらりと不参加表明したのは村の若い女性からさっそく熱いまなざしを受けているセロン。

「誰かが審判をしなきゃならんでしょうな」

ラダメスも断って椅子に腰を下ろす。

ロッシュが、二人の様子にがっくりと肩を落とした。

「何だよ、ノリが悪いな。僕とマウリシオだけか」

マウリシオさんは頷く。

腕相撲でアゼルと戦えなかったとあって、やる気のようだ。

「ならば、実戦を想定して互いに敵の三つ巴《ともえ》での仕合としよう」

アゼルの言葉に頷く二人の騎士。

一斉に三人が剣を抜く金属音が辺りに響いた。さっと広場に緊張が走る。

次の催し物との空き時間が、すぐさま剣術大会になってしまう。

——すごい迫力、それに旦那様……カッコイイ。

剣を振るうアゼルを見るのは初めてだ。

集中し、真剣な様子はいつもよりずっと恰好いい。

「始め！」

審判になったラダメスの言葉で、仕合が始まる。

けれど、三人とも微動だにせず、それぞれの隙と出方を窺《うかが》っていた。

最初に仕掛けたのは、マウリシオだ。

牽制《けんせい》も兼ねて軽く、アゼルに向かって剣で突く。それを察したロッシュもアゼルに向かって剣を胴に向かって横に振る。

——二人で攻めてる⁉　ずるい！

三つ巴のはずなのに、それが本当の力量差なのか、偶然か、現役の騎士二人はアゼルを同時に攻めてきた。

ユイは、思わず目をつぶってしまいそうになる。

「……浅い！」

アゼルは、マウリシオの突きが届くよりも早く叩き落とした。

それは軽く振り下ろしたように見えたけれど、実際にはとても重い一撃で、マウリシオは剣を落としてしまう。

「はぁぁぁっ！」

動作を止めることなく、アゼルの剣が弧を描き、ロッシュの剣を受け止めた。そのまま鍔迫《つばぜ》り合い、力勝負になるかと思ったけれど……。

「え、ええ――――！」

ロッシュの驚きの声が聞こえ、見ると彼が頭から地面に突っ伏していた。

何が起きたのかわからずに、誰もが言葉を失う。

「マウリシオ、牽制で気を抜いたな。牽制こそ、相手を崩すつもりで行け」

落ちた剣を拾うと、アゼルはマウリシオに投げて返す。

続けて倒れていたロッシュの腕を摑み、立ち上がらせる。

「ロッシュ、お前は戦いでの押しと引きがわかっていない。もっと相手の動きを予測しろ。押し返すばかりが戦いではない。素早くマウリシオに隠れ、俺の死角を突こうとしたのはよかったがな」

どうやら、剣と剣を合わせた瞬間、アゼルは力を抜いたようで、逆に力を入れたままだったロッシュはバランスを崩した、ということのよう。

「領主様！　なんて強いんだ！　こりゃ、どんな奴が攻めてきても安泰だ」

見ていた観客が、魔法が解けたかのように動きだす。

口々にアゼルを称《たた》える声を上げる。

「アゼル、素敵でした！」

ユイもつい感極まって、アゼルに抱きつく。

騎士二人が同時に彼を攻めた時、本当に心配になってしまったから。

「やっぱり私の旦那様が一番強くて、カッコいいです――」

「……ユ、ユイ？」

その頬に勢いで、勝利の祝福みたいにキスまでしてしまう。

観客からの冷やかす声もこの時ばかりは気にならなかった。

「さ、さあ、皆祭りの続きを楽しんでくれ！」

アゼルがそう言っても、なかなか彼の周りから人がいなくなることはなかった。


その後、騎士隊の人達の助けもあって、その後の祭りも大賑わいだった。

大食い競争ではマウリシオさんが驚異の胃袋で会場を沸かせ、家畜の品評会ではラダメスさんが鋭い観察眼で公平な審査を、セロンさんは急遽《きゅうきょ》もう一度行った二回目のダンスで、女性達を次々エスコートし、ロッシュさんは……アゼルや騎士隊の武勇伝を子供達に話して聞かせてくれた。

そして、日が暮れた頃に祭りは終わりとなったけれど、急遽、アゼルが酒を振る舞うと公言し、領民と騎士隊達を連れて城へと移動した。

酒宴会場となった城の大広間でもアゼルは大人気で、村人に次々と酒を注《つ》がれていた。

「アゼル、大丈夫ですか？」

向かいの席に座るアゼルに向かって声をかける。

「問題ない。お前こそ、飲まされすぎていないか？」

ユイも彼同様に領民から注がれてしまうので、付き合い程度にお酒を飲んでいた。

両手でグラスを抱え、口をつけるだけ。唇を濡らす程度。

「平気です、たぶん」

この世界では十六歳が成人なのだから、お付き合いぐらいしてもおかしくない。

「……お前は城でもあまりワインを飲まなかったな。どれぐらい飲めるんだ？」

「わからないです。あまり飲んだことがなくて」

ワインは水——とか、どこかで聞いた気もするけれど、そんな風に飲んでみたいとも思わなかった。

「ならば、無理はするなよ」

「はい。アゼルは全然、顔色かわりませんね？」

すでに酒宴が始まってから一時間ほど、周りが酔っ払い、眠ってしまう者まで出る中、おそらく一番飲んでいるはずのアゼルは平然としていた。

「酒に飲まれるようでは騎士とはいえない」

さすがだな、大人だなと思っていると、ゆらゆらとロッシュさんが近づいてくる。

「隊長～、飲んでますか～、酔っ払ってますかー、酔ってますよ、僕は」

「騎士ではなかったようだな、お前は」

呆《あき》れるアゼルと違い、ロッシュは足下もふらつき、呂律《ろれつ》も怪しかった。

「そりゃー、隊長は酔わないですよね。こんな若くて可愛らしい奥様に、随分前から酔ってるんですから……はははは」

お酒のせいではなく、かーっと顔が赤くなる。

「それは間違いない」

——肯定しないでください。余計恥ずかしいです。

もう顔を見られなくて、

「奥様は……隊長のどこに惚《ほ》れられたんですか？　筋肉ですか？　身体ですか？」

「ち、違います！」

一瞬、ちらりとアゼルの胸のところを見てしまって、色々思い出してしまって、頬が火が出そうなほど熱くなる。

「隠さないでいいんですよ。酒の席じゃないですかー」

「そのぐらいにしておけ、ロッシュ！　ユイが困っている。許さんぞ」

アゼルが止めに入ろうとしたその時、酔っ払った人がグラスに口をつけたまま俯《うつむ》くユイにぶつかってきた。

グラスの中のお酒が撥《は》ね、意図せず口に入ってしまう。

——お酒……苦い。なんだかかーっと胸、熱い。

「ひっく……アゼルさんの好きなところですか？　い〜っぱいありますよぉ」

とても良い気分だった。

アゼルがこんなにも領民から人気になって、認められたことが嬉しいからかも。

「まず、優しいところれすよ。いきなり飛び込んできたぁ……私の面倒を見てくれるぐらいれすから」

「ユイ？　大丈夫か⁉」

アゼルが何だか心配しているけれど、何だか言いたくて言いたくてたまらない。

「あとは力持ちのところれす。どんなこともえいっと気合い入れると動かせちゃいます」

「そうそう、どんどん言っちゃってください、奥様」

ロッシュの合いの手が入る。

「そうした時の真剣な顔がまたかっこいいんれす。そうそう、それと武骨なところ。仕事人ぽさが魅力溢れて堪りません～。それと……それと……意外と努力家だったり、陰からそっと見ているギャップが可愛かったり」

「かわいい⁉　俺がか⁉」

アゼルがびっくりしている。自覚なかったみたい。

「あとは……あとは……全部！　そう全部れす！　顔も腕も胸も足も、全部好き！　です……ですよ……ん、んぅ……」

「ユイ？　おい、ユイ？　大丈夫か？」

「すぅ……すぅ……」

アゼルの声が遠くなっていって、ユイは意識を失った。

気がつくと、ユイは慣れ親しんだベッドの上に横になっていた。

もう元の世界の薄い布団と部屋よりも、アゼルとの部屋の方がほっとする。

――あれ？　そういえば、私どうやってここに……。

皆とお酒を飲んでいて、楽しくて。

ロッシュが絡んできたところまでは記憶にあるけれど、それ以降は思い出せない。

「目が覚めたか？　気持ち悪かったり、頭が痛かったりしないか？」

声のした方を向くと、アゼルがベッドの前の椅子に座り、心配そうに見ていた。

「少し身体が熱いだけで、他には特に」

「よかった。酒に酔い、眠ってしまった。どうやら弱いようだな」

「……あっ、少し思い出しました。しっかり飲んだら苦くて……」

もやのかかっていた記憶が徐々にはっきりしてくる。

「何か変なこと言ってました？　私？」

「……変なことは何もない」

うっすらアゼルの頬も赤く見えるのは、お酒のせいだろうか。

上半身を起こし、アゼルから水の入ったグラスを受け取る。冷たい水が胃の中に流れていくのがやけにはっきりとわかった。

「もうお酒は飲まないようにします」

「その方がいいだろうな。次からは俺も気をつけておく。ロッシュのような酔っ払いは、命に代えても二度と近づけん」

大げさな彼の言葉にユイは微笑《ほほえ》む。

「少し風に当たってもいいですか？」

「かまわない。だが、気をつけろ」

寝室には大きなバルコニーがついている。ユイはやはり心配性のアゼルに付き添われ、そこへ向かった。

ひんやりとした夜の風が身体を駆け抜けていく。

「気持ちいい……」

思わず声をもらすと、バルコニーへと出た。

緻密に彫られた大理石造りの手すりの前に立つと、外を見た。

真っ暗で何も見えないけれど、緑の匂いを微《かす》かに感じる。風がいつの間にか解《ほど》けていた髪を躍らせる。

「アゼル？」

急にアゼルが背後に立って、抱き締めてきた。

いつもこんなに距離を詰めてくることはないので驚く。

「どうしたの？」

「……酔ったお前が愛くるしい、不埒《ふらち》なことをしそうだ」

頭の上にキスをされる。

アゼルもやはり酔っているのだろうか。こんなにも情熱的で積極的なアゼルは初めて。

「髪をアップにしてるから。いつもと違うから？」

「それもあるかもしれん。だが、今日のお前が可愛すぎるのが悪い」

祭りを成功させることができたという高揚感もあったのかもしれない。

どんな時でもユイを尊重してくれるアゼルが、今は自分を求めていた。嬉しくて、心と体がそれに応えたいと反応してしまう。

「ユイ……好きだ……」

頭から髪へと移ったキスは止まらず、抱き締められた腕は強くなっていく。

「こんなところで……誰かに見られてしまいます。中へ」

「待てない。誰も城を見上げる奴なんていない」

ベッドに行こうと恥ずかしいけれど伝えたが、却下されてしまった。

「キスさせてくれ」

「……アゼル……今日は違う人みたい」

バルコニーの手すりを背にすると、すぐアゼルによって唇が塞がれた。

「あ、ん――――んぅ……ん、んんぅ……」

長く、熱い口づけ。

お互いが求め合うように、唇を合わせていた。それだけでは今の気持ちには足りなくて、舌を絡め合う。

彼の手が髪に何とか留まっていたフィレットを抜き取る。

夜の闇に、もっと暗い色のユイの髪がぱっと広がった。

「アゼル……あぁぁ……」

唇が離れると、つぅーっと糸が引かれた。

とても淫猥なその様子に、キスの感触もあって頭がぼーっとしてくる。

――なんだかとても……エッチな感じ……？

身体を重ねる時、アゼルも普段より獣にはなるのだけれど……。

今日の彼の瞳に、とても熱を感じてしまう。いつになく行動も強引で。

やはり、あれだけお酒を飲んで酔っているから？

そうは見えないけれど。

どちらかというと酔ってしまったのはユイの方で介抱されたわけで。

そういえば、アゼルの視線を今日はやけに感じた気がする。

特に髪や顔に。

「ユイ……ユイ……」

「……んっ」

今度は唇ではない場所に、アゼルから口づけされた。

首筋にキスされ、ぞくぞくっと身体が震える。肌の薄いところなのか、唇の熱も感触も強く感じてしまう。

熱を吹き込まれるような口づけに、ユイは震えてしまった。

いつになく男らしいアゼルに、身体が反応してしまっている？

「あっ、だめっ……アゼルっ……んっ！」

戸惑っていると、彼の手がドレスに伸びた。

胸元から下へと下ろされる。

バルコニーにいることを意識して腕で隠そうとしたけれど、アゼルの手がそれを許そうとはしなかった。

ユイの腕を阻むと、そのまま下着をずらされてしまう。

――――こんなところで……外で……胸を……。

ユイの双丘が、はだけたドレスから露《あら》わになる。夜気《やき》が肌に触れて、そこが部屋の中でないことを強く自覚させられた。

お酒と宴《うたげ》の熱に当てられ、すっかり火照っていたユイの肌はうっすらと桃色に染まっていて、それが暗闇の中にしっかりと見えてしまっている。

当然その様子にも、アゼルの熱い視線が注がれた。

「……だめっ……あっ」

淫らな色に染まってしまった乳房を見られていると思ったら、彼の顔が近づいてくる。目標が胸の先端だとわかった時にはもう遅かった。

ユイの乳首は、アゼルの口の中に隠された。

「あっ、あっ……そんなところ……んっ、キスしちゃ、だめっ……」

興奮と夜の風に反応して、ツンと硬くなった蕾を、アゼルが唇で挟む。

舌と唇で刺激され、ユイはびくんと身体を躍らせた。

――こんな淫らなキス……あるなんて……。

乳首を弄ぶように舌が乳首を何度も嬲《なぶ》り、唇で押しつぶされる。

舌の動きに翻弄され、ユイは何度も身体を震わせた。

本当に今日のアゼルは、淫らで、逃げられない。

「お前のすべてにキスしたい」

そんな呟きが聞こえたかと思ったら、アゼルの姿が視界から消えた。

そろそろ部屋に戻ることにしてくれたのかと思ったけれど、甘かった。いきなりドレスがまくれ上がり、下肢に冷たさを感じる。

「アゼル、そんなところ……あ、んっ！」

新たに露わになった腿へキスされる。彼の目指すところはそこだけではないとすぐにユイは気づいて、ぞくぞくとした。

大きなアゼルの指が器用にスカートの中から下着を剝ぐ。

――えっ、あっ……下着まで⁉

今までよりずっと強い羞恥心が襲ってくる。

普段は覆われているそこが風に吹かれ、震えてしまう。

「だめっ……だめっ……なのに……あ、あ、あっ！」

諦めた声を上げるのと、彼の唇が秘部に触れるのは同時だった。

最も敏感な場所にキスされて、足が震える。

さらにそこを責められていく。

「……あ、んっ……んぅ……あ、あ、あっ……」

舌が秘裂に沿って動いた。

ぬるりとした温かな感触が走り、刺激となる。

丁寧に、何度も秘部を舌で撫でられ、やがて膣口に伸びてくる。

すぐに反応して蜜が溢れてきてしまうのをユイは感じた。

――恥ずかしい……バルコニーで……こんなエッチなこと。

けれど、ユイもおそらくアゼルも、いつも以上興奮してしまっているのを自覚していた。

刺激に対して敏感になってしまって、秘部を舐《な》められているという認識もあって、淫らな気持ちになっていくのが止められなかった。

感じてしまっているのが恥ずかしい。

けれど、アゼルの与えてくる刺激は気持ちがよくて。我慢……できない。

「風に当たりに……涼みに……来たはずなのに……」

「無理だ。お前を抱くまで熱は冷めない」

しゃがみこみ、秘部に口を押しつけているアゼルが答える。

その姿にも卑猥な気持ちが生まれてしまう。

男の人に顔を押しつけられて、感じてしまうなんて……。

「ん、あっ、あっ……だめ……あああっ！」

舌が徐々に中へと入ってきて、膣口を刺激し始める。

まるで自由自在に動く生き物が、中へと入ってこようとしているかのよう。

手すりに摑まってはいたけれど、足は快感と刺激でガクガクと震え、立っていることもままならなかった。

——バルコニーで、しかもこんな恰好で……あっ！

羞恥心に震えているのか、快感に痙攣しているのか、わからなくなってくる。

——恥ずかしいのに、気持ちいい…………へ……ん、変なのに……。

甘美なぞくぞくが止まらない。

こんなところで駄目だと思えば思うほどに、アゼルに責め立てられている身体は敏感になっていった。

「変な音……立てないで……ああっ！　ああっ！」

溢れだした蜜と、それを舐めるアゼルの舌が辺りに卑猥な音を響かせ始める。

それは反響することなく、闇に消えていく。

誰かに聞かれたら、と不安になるけれど秘部に顔を押しつけられている恰好では逃げ場など

なく、足を淫らに震わせることしかできない。

こんな恰好は誰にも見せられない。

アゼルにしか、見せられない。

「あぁ――――！　んっ、あっ、あっ！」

卑猥な水音にぞくぞくっと背中が震え、軽くユイは達してしまった。

けれど、アゼルの唇と舌は動き続ける。

「ん、んんっ、あっ、あっ……アゼル……ああっ、だめっ……」

達してさらに敏感となった秘部をこれでもかと彼に責められ、びくびくと震えてしまう。思わずその頭に手を置いて、ユイは抵抗しようとした。

しかし、手に力は入らない。

――どうして？　こんなに淫らなこと……なのに。

――気持ちいいのが、せりあがってきて……っ、んんぅ！

「あっ……あっ……あっ……」

小さい絶頂を何度も迎えてしまう。

もう快感があふれ出すのを止められなかった。大きな最後の絶頂もが押し寄せてきてしまうと思った時、やっと彼の淫らな口づけが止まってくれる。

「あ、あぁぁ……はぁ……」

大きく息をついて、身体に溜まってしまった刺激を逃がす。

アゼルはどうしたのかと見ると、立ち上がってやはり熱い視線をユイに向けていた。

「……アゼル？」

「ユイ……あぁ……ユイ……」

彼も荒い息を吐くと、興奮をぶつけるようにして、身体を寄せてきた。

このまま繋がるつもりだと思ったけれど……ユイの身体がふわっと浮いた。

「えっ、あっ……アゼル？　あ、ん、んん――っ！」

――な、なにをするつもり？

両方の腿を持たれ、身体が浮いたかと思うと、アゼルの熱杭がユイの秘部に当てられた。

蜜と唾液とですっかり濡れていたそこは、阻むことなく彼のものを受け入れていく。

ずぶりと刺さる感覚がユイを襲い、一気に肉棒が挿入された。

「あ、あ、あ……ああっ……」

――ふぁ……んぅ……。

串刺しになった気分。

けれど、すぐに自分の中にある愛しい者の一部を感じて、愛し始めた。

肉棒と膣とが密着し、締め付け合う。

ぴったりと二人が繋がっていた。

バルコニーで、外気に晒されながら、身体を合わせてしまっている。

背徳感と淫らさがユイをさらに敏感にさせた。

途切れ途切れの息で、ユイは喉を震わせる。

「今日のアゼル……強引すぎ……です……」

「お前への気持ちが止まらないんだ」

耳元で囁くと、アゼルが腰を振り始めた。

腿を持たれたユイは受け止めることしかできずに、膣で肉棒を受け止める。

膣奥に何度も肉杭の先端が突き刺さった。

必死に声を出さないようにと思ったけれど、実行は無理。

「あうっ！　あっ！　あ……んっ！　ああ、ああっ……」

――いきなり……激しい……。

――でも……全部……入っ………ああっ、すごくびりびり……！

逃がす場所がないので、ユイは快感をすべて受け入れるしかなかった。

――なっ……これ……あっ、気持ちいい……。

奥に触れる度、痺れるような快感がやってきて、身体を痙攣させる。

バルコニーだから何とか声を抑えようとしたけれど、意思とは無関係に嬌声がもれていく。

どうしようもなく、ユイはアゼルに乱されていた。

――アゼルが入ってくる……何度も……何度も……。

感じてしまう。アゼルのものを。これでもかというぐらいに。

「ん、んんん、んんっ……あ、っ……んっ！　あっ！」

抽送が上限を知らないかのように激しくなっていく。

膣襞が引っかかれ、擦られていた。

何度も引いては押してくる。

身体が内も外も、淫らにひくひくと震えていた。

恥ずかしいのに……これ以上なく、感じてしまっている……。

強引でエッチなアゼルに。

「あ、う……ああ……んんん……あっ、んっ！」

身体を揺さぶられながら、突き上げられながら、ユイの心は彼への気持ちで溢れていく。

――激しい……アゼルも……好き。

言葉にならず、彼の瞳を見ると通じたかのように口づけが降ってきた。

気持ちが通じていることを確信して、嬉しさがわき起こる。

「んっ……あっ……んん、んっ……あっ……」

キスをしながら、二人は身体を合わせた。

そんなに激しく動いても、バルコニーの手すりは二人の熱で生暖かくなっていくだけで。

アゼルの勢いを、ユイとともに受け止めていた。

「……ん、あっ！　ああっ！」

キスしている口からも、嬌声が出てしまう。

アゼルの肉棒が一段と大きくなったからだ。

しかも、一定だった抽送が乱れていく。

強弱がつき、角度が突く度に変わってしまう。今までとは違う箇所が責められ、ユイはバルコニーで身悶えた。

こじ開けられていくように、身体が淫らになり、蜜と衝動とが溢れてくる。

――――あぁぁ、だめ……き、ちゃう……。

「あ、あ、あ、あ……あぁぁ……んっ！　あっ、ああっ！」

言葉にならない声を上げる。

アゼルの顔も苦しそうに歪《ゆが》んでいた。思わずその顔を抱き締めてあげたい気持ちになる。

代わりにユイの方から唇を合わせた。

「あっ、ぅんっ！　あ、ぁあっ！　あああ！」

身体ごと持ち上げられるかのように、アゼルの肉杭に突き上げられる。

ひりひりと膣奥が硬くなった熱杭に擦られた。

身体の小さな痙攣が止まらなくなっていく。

「……アゼル……あああ――――！」

最後に彼の名前を呼んで、絶頂に達する。

我慢していたものが、ばっと溢れだし、ユイを塗り替えていった。

アゼルの身体からも力が抜け、中にいた肉棒が震える。

熱いものでユイは満たされていった。

「あぁぁ、アゼル……激しかった……」

「すまない。お前が今日は可愛すぎた」

額を合わせ、お互い荒い息を吐く。

かなり恥ずかしかったけれど、気持ちよくなってしまったのも事実で……。

顔を赤くしながら、ユイは視線を下に向けた。

しばらくすると、アゼルがバルコニーに下ろしてくれるとばかり思ったけれど――。

「……っ⁉　アゼル？　恥ずかしいです」

彼は繋がったまま、動き始めた。

「少しの辛抱だ」

足を持ったまま、アゼルがバルコニーから部屋に行こうとする。

慌ててユイは彼の首に腕を回した。

二人はまだ繋がったままで、振動が快感と刺激になってしまう。しかも、抱きつくような恰好のまま。

「あ、ううぅ……」

恥ずかしすぎて唸っていると、二人はバルコニーを出て寝室のベッドに戻ってきた。

そのまま仰向けにユイはシーツの上へ置かれる。

終わったと思ったのだけれど、予想は外れてしまった。アゼルは覆い被さったまま、肉杭を抜いてはくれない。

「もう一度……その……するのですか？」

思わず聞いてしまう。

「まだ満足していない」

「そんな……あ、んっ！　ああっ！」

最初に結ばれた時のように、仰向けになったユイの足を開いたような状態で、アゼルが中をかき混ぜ始めた。

確かに一度吐精したはずなのに、肉棒は衰えることなく、鋭く突いてくる。

アゼルはどこまでも力強かった。

「さっきは抑えていた声……お前の淫らな声が聞きたい」

「そんなこと……言われても……あ、んっ……あんっ……ああっ！」

達したばかりで敏感になっていた膣に強く抽送され、声が溢れてくる。恥ずかしいのに、アゼルに聞きたいと言われたからか抑えが利かない。

加えて、ユイに嬌声を上げさせるかのようにアゼルが激しく責めてきた。

我慢できずに何度もベッドの上で身体を悶えさせる。

――――二度目なのに……何度も何度も突かれて……る……。

バルコニーでは突き上げられ、今は突き下ろされていた。

二度目はすぐに我慢できずに溢れてきてしまう。

「あ、あ、あ、ああ――――！」

ユイは、アゼルと再び同時に長く、強い絶頂を迎えた。

――激しすぎです、旦那様。

そんな言葉が心の中で生まれたけれど、あとはいつものようにアゼルの腕の中で穏やかな眠りについた。

【第七章】幸せスローライフとワケアリ招集～厩で野獣は反則ですっ～

ウォーハルスト領、フィギス城の近くにある畑は緑で溢れている。

ユイが植えた二十日大根は三度目の収穫期を迎え、トマトは無事に支柱にたどり着いて、ぐんぐんと伸び、花を咲かせて青い果実をつけていた。

辺りには村の人が植えた立派な作物が大きな実をつけたり、花を咲かせたりしていて、全然まだまだだと己の未熟を感じつつも、気合いだけは湧いてくる。

――トマトの肥料は工夫したし、皆が驚くぐらい赤く甘くなって。

先日収穫を手伝ったキュウリは、驚くほどに瑞々《みずみず》しかった。

簡単に村の人の農業スキルに敵うわけがないけれど、ユイを見かけると最近はスパルタ気味に遠慮なく農作業を教え込んでくれる村の人の期待に応えたい。

――美味《おい》しくなれ！

そう願いを込めて、青い果実を見た。

鼻を近づけると匂いが濃くなる。この一帯は空気すら生き生きしているようだ。

毎日通うユイも、負けないぐらい元気だ。

ユイはカルナに頼み込んで、農作業をしやすいドレスを手に入れていた。

この世界では、女性の手足が露出することは恥ずかしいことだとわかってはいたけれど、ドレスで土いじりはできない。

簡素なひざ下丈の、半袖がフレアになったラベンダー色のワンピースに革のブーツ。そして、汚してもいい大きな生成りのエプロン。

カルナの「貴族様の子供もする恰好なので、ぎりぎり良しとしましょう。でも、帰ったらすぐに着替えてくださいね」という忠告はちゃんと守るつもりだ。

正午を過ぎた畑は、日差しが強い時間帯とあってか村の人の姿はない。

ユイもいつもは早朝に通っていたけれど、今日はアゼルに来客があり、何となく城にいるのが気まずくて、畑の様子を見に来てしまった。

——ロッシュさん、毎月毎月、大変だな……。

今、フィギス城にはアゼルとロッシュがいる。

ロッシュは毎月決まった日に、この領地を訪れていた。

最初は出迎えていたユイも、二人の内密そうな話の前に退出することが上手くできず、三度目の今日は畑にいる。

——もう少し時間がかかりそうなら、厩舎《きゅうしゃ》に行こうかな。

厩舎にはアゼルの軍馬がいて、近頃はユイのことも覚えてくれたらしく、近づくとつぶらな瞳を向けてくれる。

こつこつとブーツを鳴らして畑の横にある土道を歩いていると、城を背にした平原にアゼルが立っていた。

「アゼル、ロッシュさんはお帰りになったのですか?」

「ああ、お前に土産を置いていったぞ、王都で流行《はや》りの香水だそうだ。執務室にある」

彼が城を振り返る。その途中のどの場所にもロッシュの姿は見えず、いつの間にか帰ってしまったようだ。

「嬉しいです！　ああ、でも……次にお会いできそうなのは来月ですし、直接お礼を言えないのですね、感想を手紙にしましょう」

「あいつに手紙なんか書かなくていい、俺に書いてくれ」

むすりとしたアゼルは少し機嫌が悪いみたいだ。

「アゼルとは毎日思ったことを話しているから……何を手紙に書きましょう?」

「……そうだな、手紙は必要ないな」

思い直したようにアゼルが頷く。

ふと、彼の視線の先が気づくように畑を見た。この道からは全体が一望できる。

ここからの眺めは、茂った葉や、実った果実が畑を賑わしているのがよくわかるのだ。

賑やかになっているのを喜んでいるだろうか。

「もう畑は寂しくないですね」

ちょっと誇らしげに、ユイは口を開いた。

「畑も、城も、俺も、寂しくない」

「何ですかそれー」

感慨深い口調で真面目に言われると、照れてしまう。

――私といるから、だよね？

頬を染めてアゼルを見ると、いつもと変わらない風貌なのに、元気がなく見えた。

さっき不機嫌に見えたことも考えると、いつもと違う。

「アゼル、何かありました？」

「なっ！」

ユイが尋ねると、アゼルはひどく動揺した声を出した。

「…………そうか、お前にはわかるのか。夫婦として、一緒にいるのだから当然かもしれないな……俺が打ち明けたがってるせいで顔に出たのか……しかし、安易な情報の共有は甘えだ。情けないところをユイには――」

何やらぶつぶつと言っている。聞くところによると、つまりは……。

「えーと、秘密を打ち明けたいとかですか？」

ずばりと言ってユイは唇を尖らせた。

「なぜわかる！」

「今ぶつぶつ言ってましたし、私が聞いてもいいことなら、ちゃんと秘密にして一緒に抱えますよ。夫婦なのに、甘えとか何とか難しく考えるの変じゃないですか？」

アゼルが打ち明けたいなら背中を押したい。

「俺のことを軟弱者だと、嫌いになったりしないか？」

「その姿かたちでは、どうやっても軟弱者になれませんって」

ユイが茶化して口にするとアゼルが口元を緩めて手を握ってくる。

「――――ありがとう」

手はつないだままで、アゼルが指をこわばらせながら視線を宙に浮かせた。

遠くに思いを馳《は》せるような琥珀の瞳。

「俺はお前に、はっきりと言っていなかったことがある。騎士隊の件だ」

「元騎士隊長だと聞いてましたけれど……」

ユイも少し引っかかったことはあった。隊長と隊の人に呼ばれていたこともあったし。ロッシュとの上下関係や年齢差も最初は気になった。

アゼルが迷いのない声で語るように続ける。

「今は軍務から身を引いてウォーハルスト領の領主という肩書きに嘘偽りはない。ただ、騎士隊長を退役して隠居することについては、正式に国から許可が下りていないことだ」

「えーと、勝手に隠居してしまったということですか……？」

アゼルが職場放棄をするタイプには見えない。

「王の裁量で保留となっている。周りの者には隠居として領地に引っ込み、隊長もロッシュに強引に引き継いではいるがな」

難しい状態みたいだけれど、頭をフル回転して想像してみる。

「………アゼルは王様と仲良し……だったり？」

「ああ、信頼してくださっているのを感じる。俺も忠誠を誓ってはいたのだが――――」

ピンときたことがあり、ユイは口を開いた。

「あっ！　少し読めました。二人は仲良しなので、表向きは隠居に見せて大きな任務とか、囮《おとり》で悪役を一網打尽とかですか？」

「……っ！」

ドクンとアゼルの手が揺れて、間違ったのだと気づく。

彼の指から力が抜けたので、ユイは慌ててその指先を握った。

「………そんな大層なものであれば、よかったと思う。俺は愚直すぎ、王に迷惑をかけた。何事も潔白であれという精神で突き進んできた、有り余る評価も受けた。しかし、王を取り巻く重鎮からそれを煙たがられていたことに、気づくのが遅かった」

アゼルの指先が冷えていく。

「反乱を企《たくら》んでいるという無実の罪を着せられ、妬みだ、根も葉もない噂だと一蹴した。だが、俺と重鎮の板挟みになり、辛い立場となったのは王だった。だから混乱を招かないために……いや……忠誠と武力以外の戦いに嫌気がさして逃げた――――国境の守備だと言い張り領地に籠もったというべきだな」

〝混乱を招かないため〟――――という響きが、アゼルの真意だとユイは感じた。

けれど、アゼルがそれを〝逃げた〟と認識して、自らを許せないのだ……。

彼の嘆きを、心の叫びを、こうして聞くことしかできない。

それしかできないけれど、聞いて胸に秘めて、一緒に分け合うことはできる。

ユイはアゼルの言葉をただ待つ。

「ここにいる限り、王都に戻って潔白の証明はできない。せめて……敵意がないことを示すため、俺は領地からでないことを己に課した。誰に強要されたわけでもなく、見られているだけでもなく、勝手に――」

「あっ……」

彼が領地から出ないわけが耳に届いた時、ユイはドキリとした。

だったら……あの日、ユイを引き留めてプロポーズをしてくれた時は、特別だったのだと。

アゼルは自らのルールを曲げて、領地から飛び出してきてくれて……。

――私を帰さないようにしてくれた。

胸が熱くなる。

固い信念を曲げて追いかけてきてくれた夫を愛しく思う。

今は寄り添いたいと強く感じた。

何が起きてもユイは味方でありたいと。

「王様とは……それきり？」

「王は辛抱強く俺を待っていてくれる……表向き、召集令状とされている書簡には、急《せ》かす言葉は書かれていない、王からの親しみと気遣いの籠もった手紙だ。毎月、ロッシュが届けてくれる……」

――あの訪問が……。

今日、アゼルの元気がない理由がわかり、ユイは両手でアゼルの手を取った。

力づけたいと、一緒に乗り越えたいと。

「――アゼルは……いつか戻りたいから、王様の近くで味方になりたいから、私に話してくれたんだよね。一緒にどうすればいいか考えましょう」

ぎゅっと指を握ると、アゼルの手があたたかくなる。

「……ユイ、ユイ――」

大きい身体なのに、子猫が震えている気がしてユイはその巨軀に抱きついた。

あっさりと包み込まれてしまい、ユイの顔、アゼルの胴――触れ合った場所が前よりもぴったり、しっくりと感じる。

何かが深まり、ゆるぎない夫婦の絆《きずな》というものを肌で感じた気がした。

それはたった今、蠟燭《ろうそく》芯ぐらいの線が生まれたことに気づいたもので、時をかけて船をもつなぎとめる太い帆綱になる力を秘めていて――。

彼ととても近く、触れ合った気がした。

それはアゼルも同じようで、彼の心音がユイの心臓の音色に重なっていく。

空と大地の上に、二人しか存在していないような気持ちになる。

風が何度も吹き付けたけれど、びくともせずにアゼルはユイを包み込んでいた。

ユイも幾度もアゼルの背を宥めるように触れる。

そうしていると、アゼルが身を動かす気配がして、身体が少し離れた。

「愛しい、ユイ」

愛の言葉のまじった吐息で、口づけられ、ユイは目を閉じてしっかり受け入れる。

長いキスのあとで、唇が名残惜しく離れた。

「俺のことをわかってくれるのは、お前だけだ」

「……あ、たり前ですよ？　つ、妻ですから？」

正直、上手くやれているかはわからなかったけれど、アゼルと生きていくのは楽しくて仕方がない。

もっと、アゼルのことを知りたくなって、気づけばアゼルのことを考えている。

「最高の妻だ。しかも可愛い……俺はお前のそのドレスが一番好きだ、似合っている」

どさくさに紛れて、よく見ている発言をされた。

「こ、これですか？　動きやすさ優先で、子供っぽいですよ」

エプロンドレスだし……。

「小さいお前が好きなのかもしれない」

「いやいや……！」

——それ、結構危ない発言ですから！

とはいえ、ユイも、アゼルの包み込むような巨軀が大好きなのだけれど。

まんざらでもなく、照れて目をそらしていると、アゼルが少し身を離した。

「む……っ」

抱き合っているのが離れてしまうと、急に風が冷たく感じてしまい、ユイはアゼルを風よけにして甘えるようにその胸へと戻ろうとした。

「ちょっと待て」

アゼルに肩を持って止められてしまう。

「もう、いいだろう」

瞑想《めいそう》をするように閉じた目を開けてからアゼルがユイを再び抱き締めた。

途端に、ぴくんとユイのエプロンドレスの腿部分に硬いものが触れる。

互いのそこそこの生地の厚さの服ごしにも、くっきりとわかって――――。

「むっ、いかん――――」

こ、これって……。

欲情、してる……？

身を引こうか、開き直ろうか迷っているアゼルを感じた。

どうフォローしようか迷った挙げ句、ユイはおずおずと口にする。

「アゼル……よ、夜ならいいよ」

「そんな可愛らしいことを、その姿で言うなっ、待てなくなる」

がばっとアゼルに抱きつかれて、ユイはそのまま待ち上げられ、厩舎へ連れ込まれた。

アゼルの愛馬とは反対側の柵の前――――。

ユイはそこへ立ったままの身体を押しつけられていた。

背後にはアゼルがぴったりと張り付き、逃げ場をなくしている。

――――ここで……するつもり？

前のバルコニーよりもある意味恥ずかしい。

「きゃっ……アゼル、待っ……ここじゃ……」

「すまん、もう抑えきれん」

忙《せわ》しげにアゼルがユイのエプロンドレスの裾を捲《まく》り上げて、パニエごと下着をずり下ろしてくる。

お尻の部分が急に涼しくなり、ぞくりとした。

いつの間にかアゼルの猛《たけ》った肉棒がむき出しにされ、ユイのお尻の丘へと触れる。

触れられた時に、少し安心してしまうのは、すっかりアゼルの愛撫に慣らされてしまっているからかも。

けれど、恥ずかしいことには違いない。

ここは城の部屋ではなく、普通に男女が愛し合う場所でもないのだから。

「熱い……っ」

けれど、アゼルはもう止まらなそう。

火傷《やけど》しそうなほど脈打つ熱を触れたお尻から感じた。

雄々しく立ったアゼルの灼熱《しゃくねつ》……。

恥ずかしいのに、求められて嬉しい気持ちがずくんと胸に湧く。

――外だけど……誰も見ていないし……。

秘め事について冷静に判断して合否を導き出そうとするユイの頭も、少し沸騰しかかっているのかもしれない。

バルコニーで身体を合わせたので、羞恥心のハードルが下がってしまったのかもしれない。

駄目だと思いつつも、アゼルの行為を許してしまっている自分がいた。

「お前の準備ができるまでこうしている、乱暴はしない」

アゼルが熱杭をユイのお尻の間へとつつっと這《は》わす。

擦れた時に彼の根元が秘部に当たり、淫猥な気持ちがくすぐられていく。

肉棒の感触は、中にいる時とも違って、熱くて、硬い。それが擦られていく。

「これはこれで……恥ずかしいのですけど……あっ……」

ぞくぞくとした羞恥に、柔襞が戦慄《わなな》く。

動じずアゼルが欲望を押しつけてくることにもドキドキした。

変なのに、彼が堂々とすると、自然の行為にすら思えてしまう。

擦るのに、ユイのまだ雫で満ちていない秘所は濡れていない。

けれど、滑らかにアゼルが擦りつけてくるので、自分が濡れている気持ちになってしまう。

――なんだか、とても変な気分。

「アッ、ゼル……なんだか、ぬるぬるしていませんか。あっ……私は、心当たりがなくて……あっ、んぅ……」

灼熱をよどみなく動かす潤滑油がどこから出てきたのかユイはわからない。

どちらにしろ、お尻にアゼルの肉棒が淫らに擦りつけられていた。

時々、刺さるかのように硬い先端が当たる。

「俺の欲望がたぎったからだ、気にするな」

「えっ、ええっ……はっ、はいいっ！　気にしません……！」

――それって、先走りとか、ナントカ。

アゼルは涼しい顔をして、ただ事実を述べたのだろうか。

見えないからわからない。

そうしている間にも、刺激されたユイの蜜壺《みつつぼ》から愛液が伝った。

滴る感触に腿を震わせる。

卑猥な気持ちが同時に流れるかのように、ユイを襲った。

「あっ……んっ……」

――えっ⁉　今度は……。

濡れたことを察したらしいアゼルが、今度は肉棒の角度を変え、お尻ではなく、ユイの腿の間へと挟んで動かし始める。

とろりと落ちた蜜を肉杭で掬《すく》い、柔襞の表面だけさらうように動かす。

先ほどのよりもずっと肉棒に触れている部分が多くて、感じてしまう。

「ひゃあああっ……ん」

くちゅりと、いやらしい音がし始める。

アゼルの肉棒はまだ少しも挿入されていないのに、入り口の柔襞をつぶすように擦られて、彼の灼熱でたぎった尖端《せんたん》が花芽を刺激する。

――入れてないのに、これ……あっ……！

ユイが身をよじったのをアゼルは見逃さず、執拗に肉棒で、花芽をそれをか弱く守る包皮ごと突く。

入れていないのに、入っている感覚がより淫らに思えてしまった。

「あっ、ああっ……ふぁっ……！」

腿の間が熱くて、ぬるぬるしてくすぐったい。

アゼルの灼熱は、牧場の柵にまたがっているような大きさで、それがズンズンと動かされるから、わけがわからなくなる。

けれど、しっかりアゼルの肉棒だけは感じてしまっていた。

意識がすべて彼のものに持って行かれてしまう。

――擦りつけられているだけ、なのに……。

挿入されているのと同じぐらいに感じさせられてしまっている。

「あっ……あんっ、んぅ……」

一番ピリピリする弱い場所を、何度も激しく擦られて、甘い痺れが無理やり起こされる。

――えっ、これって……。

「あっ、待っ……ふぁ……あああっ！」

手で弄られたわけでも、口で刺激されたわけでもないのに、こんなっ！

強い快感が、ユイを貫いた。

花芽の尖端がひくつき、起こったそれはユイの身体を弓なりに仰《の》け反らせる。

肉棒の先端で、最も敏感な場所を刺激されていた。

「あぁ……ふ……あっ……ん………んぅ……」

ビクビクとユイが達し始めてからは、アゼルは動きを止めてユイの身体を支えてくれた。

とろりと愛蜜が媚裂から零れ落ち、アゼルの肉棒を濡らしていく。

「準備はできたな」

くいっとアゼルがユイのお尻に手をかけ、蜜壺に熱杭を押し当てた。

大きくて、熱くて、とても硬くなっている。

爆発しそうなほどに雄々しくなったそれは、ひくついてユイの媚肉を押し開く。

――あっ……あたってる。入ってくる……！

こんな恥ずかしい恰好をさせられているのに、アゼルが狙いを定めているのがわかると、逃げられなくなる。

受け入れたくなる。

「挿《い》れるぞ……っ、く……」

ぐちゅりとアゼルの肉棒が秘部に挿入される。

――――きつい……苦しい……けど……。

きつい膣肉をぎちぎちと進み、ユイは息が乱れてしまう。

けれど、その分、彼の肉棒をはっきりと感じられた。

「はっ、はっ……あぅ……んぅ……」

アゼルが具合を確かめるように腰を引くと、達したばかりの身体から頭へと、甘い戦慄きが引っ張られるように起こる。

また、蜜が零れ始めて、身体が彼を喜んで迎え入れているのがわかった。

ずぶりとアゼルが今度はさっきより奥へ着く。

とても猛々しく、脈打っている。

「んっ、ふぁ……あぁぅ……」

獣のような恰好でつながっているせいで、衝撃を強く受け止めてしまい、膣奥まですぐに迫られてしまう。

もう奥のないところはわかっているはずなのに、アゼルはそこを容赦なく突いて刺激する。

「ああっ！　んぅ……アゼル……奥、もう……なっ……！　あああっ！」

背後から揺さぶられながらユイははしたなく叫んでいた。

獣よりも、ずっと正直に――――。

「あっ、んぅうっ……ふっ、あっ……！」

アゼルはそんなユイを知ってか知らずか、彼もまた咆哮《ほうこう》する。

「ユイ………っ！」

一番奥でドクンと彼の欲望が爆《は》ぜるのを感じ、アゼルが荒い息を吐く。

「………っ」

アゼルがユイの首の後ろに甘く噛《か》みつき、ユイもまた厩舎の柵へと爪を立てた。

ガクガクと身体が壊れたように痙攣し、二度目の絶頂に達する。

ユイの中にあった肉棒もまた激しく脈打ちながら、果てた。熱いものが膣に流れ込み、満たしていく。

しかし、それでも彼の肉棒は雄々しいままだった。

それどころかどくん、どくんと動きだし、大きくなる。

「今のお前は淫らすぎる……虜《とりこ》だ」

「……アゼル？」

――――ま、まだ……するの？

その考えに到達すると同時に、アゼルの腰が再び動き始めた。

ずんずんとユイの膣を突いてくる。

「あっ、んっ……あっ……だめっ……もう立っていられない……アゼル！」

大きく絶頂した秘部に抽送の刺激は強すぎて、ユイは声を上げた。

最初に達した時から立っているのもやっとの状態。

「ならば、こうすればいい」

「えっ⁉　あっ……ああっ……」

驚いていると腰を摑まれ、アゼルにふわりと柔らかい地面へ置かれた。

すぐに干し草の匂いと、さらさらと二人を包む音。

まだ新しい予備の干し草へと、背後から繫がったまま押し倒されたのだ。

体重をかけるとパキパキと折れる干し草のベッドに膝をつくと、角度がくいっと変わり、挿入がもっとぴったりとしてしまう。

「こんな恰好……む、りっ……あ、んっ！」

――動物みたいな恰好……厩舎で……四つん這いなんて。

いけない気持ちが込み上げてきて、心を揺さぶる。

カサカサとした干し草の音が、ガサガサに変わっていく。

――こんな……こんなっ。

一気に羞恥が込み上げてくる。

「アゼ、ル……っ」

「……っ」

ユイの抗議の声は甘く貫く刺激でかき消された。

アゼルはそれでも繋がることを止めない。

腰を掴んだまま、後ろからユイに腰をぶつけてくる。

「あんっ……あっ……こんなのって……ああっ！」

厩舎に肌がぶつかり合う乾いた音が響いた。

干し草が散る……。

立っていた時よりもずっと激しく、強く、アゼルの肉杭がユイを突き刺している。

身体ごと揺さぶられ、抽送されていた。

羞恥心が込み上げてくるも、強い快感と刺激に消されてしまう。

――あぁ……沢山、感じる……感じてしまってる……私！

腰をぶつけられているからではなく、膣を突かれているからだけでなく、ユイの身体は快感に震えていた。

より膨張した熱杭がこれでもかと押し込まれ、ぐりぐりと膣奥に擦りつけられる。

ひくひくと膣全体は震え、快感に悶えた。

恥ずかしい恰好なのに、厩舎なのに……とても強く感じてしまっている。

背徳感が快感を強くしていた。

「あぁんっ……あ、あっ……あぁぁっ！　アゼル……」

好きという気持ちが溢れてくる。

それは押しつけてくるアゼルの欲望に応じて込み上げてきた。

激しく二人の身体は繋がり、ぶつかり、愛し合っている。

これほどに激しく、生きていると感じる瞬間があるだろうか。

「あぁ……ユイ！」

アゼルの腰の動きが乱れる。

肉棒は暴れ、抽送は意思を失っていく。

強烈に擦れ合う膣襞と肉竿、膣奥と肉杭の先端。

意識が飛んでしまうほどの刺激と快感が、ユイの身体を襲っていた。

それは身体だけでなく、心も同調して、アゼルへの気持ちが膨れあがっていく。気持ちが通じていく。

「アゼル……あっ、あっ、あっ、あぁ————っ！」

背中を思い切り反らし、ユイは嬌声を上げた。

腰が密着するほどアゼルの肉杭が深く突き刺さり、膣を強く突いた時だった。快感が弾《はじ》け、全身に回って、ユイの身体を震わせる。

アゼルも腰を止めて、精を放った。

ドクドクと注ぎ込まれるそれは、幸せな感触で。

残ったのは幸せな痺れと余韻。

激しく息を吐いて、倒れ込みそうになったけれど、アゼルが後ろから抱き締め、力強く支えてくれる。

「……お前でよかった……俺でよかった……お前と出会えてよかった……」
耳元で囁かれる。
ユイはその言葉に頷いた。
同じことを考えていたから。
アゼルと出会えてよかった。
好きになった人が彼でよかった。
抱き締められた彼の手に、ユイはそっと指を重ね、その幸せを噛み締めた。

【第八章】王の訪問、重鎮の陰謀「愛妻家の本気は嬉し恥ずかしいのです」

ユイに対するアゼルの秘密は何一つなくなった。

次にロッシュが来る一カ月後を待つか、アゼルの方から行動を起こすか、二人は頭を突き合わせて考えるようになり……。

結論として、一カ月を待つより早く王へ書簡を出すことに決めた。

正直なアゼルの気持ちを綴《つづ》るために、長い書面を何度も書きなおしてこれから清書に入る。

ロッシュが快く届けてくれることが決まり、現隊長の彼は三日後にウォーハルスト領を訪れることになっていた。

念のために、アゼルはウォーハルスト領からはまだ出ないことを守り、外から見れば変わりのない生活を送っている。

昼下がりの執務室――。

アゼルが緊張した顔で羽ペンをとったので、ユイは音をたてないように退出した。

――アゼル、頑張って……。

後ろ手でパタンと扉を閉める。

静かな廊下に立ち尽くしていると、唐突にエントランスが騒がしくなった。

「アゼルさん！　大変です！」

「ただいまお取り次ぎを……」

ロッシュの叫び声がして、それを迎える執事の声音もやや焦って聞こえてくる。

――――来るのは三日後じゃ……？

「ロッシュさん！　どうしたのですか？」

ユイは階段を駆け下り、すぐにロッシュのもとへ向かった。

「あっ、奥様。一大事です、すぐに荷物をまとめて……えーと……王が、その……」

せわしく口に出してからロッシュが言葉を濁す。

「心配ない。ユイには全部話してある。何があった？」

ユイのすぐ後ろでアゼルの声がした。騒ぎに気づいた彼もまた執務室から出てきた様子だ。

びしっと背を伸ばしてから、ロッシュが声高に告げる。

「王よりアゼルさんに伝令です――――明日よりウォーハルスト領を訪ねて滞在をする。王と重鎮の十名の部屋を用意し、護衛の兵が野営の天幕を張る地を示すようにと」

「……わかった」

少しの間をおいてから、アゼルが短く答えた。

「……明日から王様が、滞在……？」

突然のことにユイはわけがわからなくなった。

手紙を書くよりも先に王様が来るのはわかったけれど……。

――十部屋ぐらいなら今からでもお掃除できるし、普通は領地をあげて歓迎したりして盛り上がるんじゃないかな？　アゼルも直接思いを伝えられるし。

なのに、どうして二人は………。

伝えに来たロッシュの顔色は悪い。荷物をまとめて……とか、物騒なことを言っていた気がする。

何よりアゼルの険しい顔の彫りがもっと深くなり、苦しげだ。

「王の取り巻きにエーリクもいるのか？」

「――はい。護衛の兵は千名、エーリクの私兵が半分含まれています。エーリクに耳を貸したのでしょう……王はアゼルさんの出方次第で、ウォーハルスト領に攻め入りアゼルさんを捕縛するつもりなのかもしれません」

ぎりっとアゼルが奥歯を噛み締める。

「そんなことはさせん！　王は確かめに来られるのだ。くっ……エーリクに先手を打たれた」

「アゼル、エーリクという方があなたを追いやったのですね。でしたら、弱気に出ることはありません、王様に二人で身の潔白を証明しましょう」

兵士と聞くと怖いけれど、アゼルが捕縛なんてもっと嫌だ。

「なりません。奥さまにも嫌疑がかかっています。異世界の妻ではなく、ウォーハルスト領を国境とするベルツ帝国の姫君で、アゼルさんが敵国へ寝返るために娶《めと》ったという噂です」

「ええええっ！　なにそれっ、全然心当たりがありませんよ！」

ロッシュの言葉にユイは心底驚いた。

まったく会ったこともない人に、存在すら知らなかった姫にされている。

「……エーリクとはそういう男だ。グルナール王国の中枢は、足の引っ張り合いをするためなら、己に都合のよい噂を生み出し、あらゆる手段を用いて真実にする」

「アゼルが距離をとったの……わかる気がする」

この噂を馬鹿馬鹿しいと一蹴したら、無視を決め込んだ分だけ冷めるのではなく、尾ひれがついて広まるのだろう。

「王のお心がわからない以上、奥さまは避難し、アゼルさんは王を出迎えてそのお心を聞き、エーリクに流されているようであれば説得をするのが賢明かと思います」

ロッシュがユイとアゼルを順に見ながら、緊張感のある声音で言い切る。

「成長したな、ロッシュ隊長。異論はない、俺も同じ意見だ」

アゼルがロッシュの肩をぽんぽんと叩く。

「奥さまのことは心配なく、僕が護衛につきます」

「それはならん！　ロッシュ、お前は伝令のあとの指令は受けていないのだろう。ならば、関係のない騎士隊を巻き込むわけにはいかん。今すぐ王都へ戻れ！」

叱るような声をアゼルが出し、ロッシュの身が縮む。

——騎士隊を巻き込みたくないよね……。

ユイはアゼルの腕に手を置き、ロッシュに視線を向けた。

夫婦はこんな時、一蓮托生《いちれんたくしょう》でなければならない。

「ロッシュさん、私は大丈夫です。それに本当に王様は息抜きに滞在に来られるのかもしれませんし、部屋を整えなくては……あとは、こちらで何とかします。伝令をありがとうございました」

「そうだな……王をお迎えしなければ――」

ユイとアゼルは、渋るロッシュを無理やり帰して大急ぎで城を整えに入った。

食材の手配に、備品の手配――すべてが無駄になってしまうかもしれないけれど、目的をもって身体を動かしていれば心が落ち着いてくる。

仮眠をして早朝となり、二人は身支度を終えた。

ユイの貝桃色《シェルピンク》の光沢のあるドレスは王様と会うのに失礼にならないように選んだ装いだった。

派手すぎず重厚感のある作りは、胸元にある重ねた金の布と、サッシュベルトによるものである。

異世界の者を表す黒髪は、隠すことなく下ろして梳《と》かされていて、雫の形のイヤリングがちらりと耳から覗く。

アゼルは当然のように騎士の鎧を身に着けていた。

千人規模の兵を連れた王が着くのは、アゼルの計算では昼過ぎ。

どうにか支度は間に合った。

「ユイは状況がはっきりとするまで、カルナと地下の部屋に隠れていてくれ。脱出路には印がつけてある。カルナ、頼んだ」

「はい、仰せのままに」

着替えを手伝ってくれたカルナの顔にも緊張の色がある。

「アゼル！　危なくなったら絶対に逃げるって約束するから、私もアゼルと一緒に橋まで迎えに行ってはいけませんか」

言うなら今だとユイはアゼルに向かった。

今離れてしまったら、いけない予感がする。

もしアゼルが知らないところで捕らえられてしまったらと考えると、後悔してもしきれない。

「危険すぎる。千の兵に矢を射られたら、俺でも庇いきれない」

「その時は一緒に矢の雨に撃たれましょう。命を落とすまでが一瞬ならあんまり痛くないかもですし。離れている時の心の方がきっと苦しいです」

覚悟はある。

城を掃除しながら、しっかりと決めた。

戦いで傷ついたことなんてないけれど、離れ離れになる時の苦しみなら知っている。

元の世界に帰ろうとした時の身を引き裂かれるような思いはもう嫌だ。

「…………ユイ」

アゼルも同じことに思い当たったみたいで、彼の琥珀の瞳が切なげに細められた。

「俺は騎馬で橋の上、お前は馬車で橋の手前までだ。危なくなったら俺が橋を落とす、その隙に逃げろ」

「はいっ」

最後の一瞬まで近くにいたいという願いは叶えられ、二人は橋へと向かった。


ウォーハルスト領の境の橋は、森を抜けたところにあり、見通しが良い。

木で作られた頑丈な橋組みの手前でユイは馬車を停めて、その窓からアゼルの黒馬に乗った後ろ姿を眺めていた。

声は届くけれど、今どんな言葉をかけていいのかわからない。

遠く前方から土埃が上がり、兵士がゆっくりと迫ってくるのが視界に入る。

アゼルが馬からひらりと降りた。騎乗して王を迎えるわけにはいかないから。

――いよいよだ……。

まだはっきりとは見えないけれど、中央にぴかぴかの馬車がある。あれに王様は乗っているのだろうか。

だんだんと全景が明確になり、馬車の左右に飾り立てた騎馬がいた。

それに乗っているのは鍛えられた兵士ではなさそうな、男の人だ。

「おお、アゼルである！　王よ、逆臣アゼルが見えましたぞっ」

囃《はや》し立てるような声が聞こえてくる。

この世界でまだ見たことがなかった生理的に無理な下卑た笑み。

ぷっくりとした黒いローブで包まれている身体は、上下に揺れている。

白髪まじりの灰色は乱れ、分け目がやばいかも……といった感想が、ユイの脳裏を密《ひそ》やかによぎった。

「エーリク……」

アゼルが低く唸った微かな息遣いが、風に乗ってユイへ届く。

ああ、アゼルを苦しめた悪い人なんだとすぐに腑に落ちる。

エーリクがカッと鉛色の目を見開いて叫んだ。

「アゼルよ、王の召集令状をことごとく無視し、領地に立てこもって反乱を企てる愚かな蛮行！　覚悟はよいであろうな」

「心当たりはない！　俺はこの辺境の地において、王に忠誠を誓い、グルナール王国の国境を守る役目を果たしている。それだけだ」

王の馬車が速度を緩め、エーリクを先頭にして、前衛へとわかれた兵士が五十騎ほど、橋を渡ってくる。

「そんな言い逃れはできぬわっ！　敵国であるベルツ帝国の妻を娶ったと聞くぞ、お前はこの地で間違いなく謀反を企てている、騎士隊に取り立てられた恩も忘れて、なんたる非道！」

エーリクが手を挙げた。

アゼルに何本もの槍が向けられ、ユイは息を呑んだ。

――アゼル、危ないっ！

彼のすぐ近くで止まった槍の尖端に、心が冷える。

なぜ彼にそんなものを向けるの？

アゼルが何をしたの？

今すぐ飛び出して、黒髪を見せ、妻ですと名乗りたいとユイは焦《じ》れた。

けれど、そうしたところで、エーリクのようなタイプは「髪を染めているだけ」であるとか「身代わり」であるとか平気でその場限りの嘘をつくだろう。

何よりもアゼルの邪魔はしたくない。

彼が立ち向かうと決めたのだから……。

――このままだと、証拠もない押し問答になっちゃう……。

アゼルはきっと苦手とすることだろうし、エーリクは調子づいている。

――王様は、何も言ってくれないの？

ユイは後方の馬車を見た。

王がアゼルの語るような人物ではなかったら――と、不安がよぎる。

もし、彼が語った通りの人物であっても、アゼルがそばにいない間に、重鎮の傀儡《くぐつ》となっていたら……？

心配は尽きず、組み合わせた指に力が入る。

――――王様、アゼルを助けて……！

焦れてしまいたまらない。

「アゼルよ……」

エーリクよりも理性的な低い声がして、ざわりと、兵士が割れた。

偉い人が出てきたみたいに兵が武器を下ろして膝をついている。

「はっ」

――――あの人が、王様……？

アゼルもまた跪《ひざまず》いて頭《こうべ》を垂れたことにより、王の姿がユイからもはっきり見えた。

王様は想像していた姿よりも怖くなかった。

賢王ジノヴィオス……と、アゼルからは出かけに急ぎの説明を受けたけれど、その通り、武力の王というよりは聡明さを感じる。

銀色の髪に青い瞳、エメラルド色の胴衣には精緻な刺繍《ししゅう》で鷲《わし》が描かれていた。

「そなたのことは信じておる。しかし、顔も見えぬこの地で……時を経てしまっては、腹の中まではわからぬことが多い。わしは見極めるために来た」

「遥々《はるばる》のお越しを嬉しく思います。お心を煩わせて申し訳ありません――――」

アゼルと王は話し合えそうな雰囲気だ。

けれど、そこへエーリクが割り込んできた。

「のらりくらりとはぐらかすこの男は重罪人ですぞ！　お声をかけるなどとんでもないっ！」

ゆさゆさと身体を揺らしてエーリクが怒りを表す。

「王が召集をしても来られぬと言う、こんな田舎《いなか》で、安定した国境でっ、何を忙しいことがありましょうか！　悪事を企んでいるに決まっています。今だって、恐ろしい顔で王を睨《にら》み殺そうとしておりますぞ」

――それは、アゼルの地顔です！

ユイは腹が立って叫びだしそうになった。

エーリクはアゼルの何もかもが気に入らなくて、暇だから、引退までした騎士に対して、ねちねちと罪を創作するのだ。

そんな余裕があるなら、王の力になるとか、もっと大事な役目があるはずなのに！

アゼルほど正義感に溢れて真面目な人は見たことがない。

ちょっと不器用かもしれないけれど、話せばすぐにわかる。

アゼルの素晴らしいところがわかって、どんどん好きになるはずなのに……。

「エーリクよ……わしが知る限り、アゼルの顔は変わっておらん。今はそうであるな……やや、緊張した顔をしている」

さすが王様……よく見ていてくれます！

ユイは心の中で拍手喝采をした。

「しかし、エーリクの発言にも気になっていることがあるのも事実だ。そなたはこの地で何をしている？　顔を見せにこられぬほど忙しいこととは何か？」

「そ、れは――――」

アゼルが言葉に詰まった。

「…………」

やがて沈黙が下りる。

王はアゼルの性格や、領地に籠もった目的を知っているのに、尋ねてきているのだ。

それは、エーリクによる影響であり、取り込まれかけているのかもしれない。

あるいは、この場の示しとして問わねばならないのかも……。

――どうしよう……。

ユイはめまぐるしく考えた。

――今の勢いだと、押し切られて、アゼルは捕まってしまう。

でも、領地に引きこもって忙しくしている理由なんて……。

王都の腹の探り合いに嫌気が差して、まだその心の傷が治らず、療養中。

駄目だ……理由が弱い。

こんなことを正直に話したら、エーリクの餌になるのは目に見えている。「屈強な元騎士にあるわけがない！」とか絶対に言われそう。

さらに、この気まずい疑いの空気を一蹴しなければならない。

アゼルに笑って場を和ませるというスキルは期待できないので、王の心を納得させるしかなくて……。

「あっ……」

ユイはある考えに行き当たった。

祭りで村の人とぐんと距離が縮まり、冷やかされたことが脳裏に蘇《よみがえ》る。

疑いを晴らし、納得がいく理由をつけて、場を和ませる。

……方法は、ある。

出しゃばりかもしれない。

余計に状況が悪くなるかもしれないし、笑いものになるかも……。

でも、迷っている間に、橋の上の空気はどんどん重くなる。

――よし！

迷ったのは一瞬。

ユイは馬車から飛び出し、橋を駆けた。

タッタッと自分の足音が、どこか遠くから聞こえてくる気がした。

緊張で胸が爆発しそうだ。

でも、行かなければならない。

足を止めることなどできなかった。

空が、緑が、橋が、兵士の槍が――ぐるぐる回る。

王様の顔が、エーリクの腹の立つ顔が、アゼルの後ろ姿が、誰を見ているのかわからないぐらいに次々と視界に順に映っていく。

「アゼルっ！」

ちょっと小さく見える、アゼルの膝をついた後ろ姿に追いついて、引っ立てるように抱きついて立ち上がらせる。

ユイは渾身《こんしん》の力で彼を引き寄せた。

抵抗はなかった。

彼の驚いたまなざしに、ユイはふっと笑いかける。

そして――――。

「んっ……！」

思い切りキスをした。

吐息が絡み、アゼルがくぐもった声を上げるのもお構いなしに！

「っ……な、ユイ………王の御前で……」

驚いた声をもらしながらも、口づけを撥ね除けないアゼルに、たっぷり吸いついてから、ぷはっ！　と、唇を離す。

「――――っ、はぁ……っ」

その吐息をすぐに鎮めて、ユイは王と向き合った。

宣言するように叫ぶ。

「こういうわけです！　私は異世界より嫁いだアゼルの妻、ユイと申します。恐れながら、旦那様は新妻と過ごすのが忙しくて王都に行けないのですっ！」

唖然《あぜん》と凍り付いた場。

エーリクはあんぐりと口を開けている。

王も驚いた顔をしていたが、青いまなざしが誰よりも早くに正気を帯びた。

「ほう、そなたが妻か！　これはこれは、幼妻であるな。出し惜しみするとは、アゼルはそなたがよほど可愛いと見える」

「隣国とはまったく関係のない、異世界から来ました。その証拠に、髪は根元からしっかり黒です」

ユイは王へ髪をひとふさ持って近づけた。

ジノヴィオス王はふむふむと確認している。

「王よ！　あまり見てはなりません。俺の……妻なので！」

なぜかアゼルが二人を引き離し、割り込んできた。

「なるほど、重症であるな。ははっ、これは仕方ない」

王が笑い、大勢の兵士も笑い始める。

「ばっ……か、な！　アゼルは反逆の――――」

「エーリク、もうよい、下がれ。わしはアゼルが暮らすこのウォーハルスト領に、友人として遊びに来たのだ。アゼル、部屋で休みたい」

まだ続けようとしたエーリクに王がぴしゃりと言い放つ。

アゼルはすぐに王の馬車を導く手筈《てはず》を整えていく。

「はっ、ご用意してあります。我が妻が張り切って掃除いたしました」

「何なりとお申し付けください、ようこそフィギス城へ！」

ユイも笑顔で張り切って歓迎の言葉を続けた。


フィギス城のぴかぴかのエントランスに王が入ると、誇らしい気持ちになる。

シャンデリアも階段も、曇り一つなく輝いていた。

アゼルが彼にしてはとても饒舌《じょうぜつ》に、王に領地の説明をしているのが耳に届き、一行を無事に部屋に届けると、どっと安堵して……。

晩餐《ばんさん》にはテーブルから溢れるほどのウォーハルスト領の恵みが並び、赤く色づいていたユイのトマトもこっそり加えられていて、ドキドキしてしまった。

王はユイにも、王都の話をわかりやすく教えてくれ、異世界の話も聞きたがって、賑やかな席となった。

アゼルへの疑いが晴れたせいも手伝ってか、機嫌をよくした王が何度も「最高の保養」だと褒めてくれて、滞在を五日に伸ばし王妃を呼ぶと手紙を書いて……。

もとより、安全であれば夫婦の旅行にしようと考えていたと聞き、ユイは大慌てで自分の部屋を差し出して掃除し、華やかに整えた。

王都までは伝令が馬を飛ばして三時間、馬車で半日――。

王妃の訪問はすぐ翌日で、王をもてなしながら王妃の滞在の準備をするという大仕事が待ち受けていた。

領民も総出で協力的であったが、さらに人々はめまぐるしく歓迎に精を出す。

そして、王妃を迎える準備は整った。

深夜――――。

ユイは仮眠前にシーツやタオルの最終確認をしようと、洗濯室へ足を運んでいた。

「タオルは充分、洗面器は磨いたし、侍女が十人ぐらい来てもいいような支度と……うん、大丈夫」

点検を重ねても気になってしまうと寝付けないのだ。

「奥さまー、ちょっとこれを確認してください」

やや野太い声がして、ユイは声のする方へ近づいた。

手伝ってくれる村の人が、こんな時間まで働いてくれたなんて。

「遅くまでご苦労様。あとはやっておくからもう帰って――――えっ……?」

なんで野太い声?

疑問に思ったのと、頭の後ろに衝撃が走るのは同じタイミングだった。

「うっ……!」

ユイはその場に倒れた。

白い光が頬を撫でている。

早朝の真っ白ではない、ほんのり黄色を帯びた日が昇り始める輝き。

頭が……重い。

――――私、何して……。

「って！　えええっ！」

ユイは閉じていた目をカッと開いた。

もう、朝……どころかお昼！

――――王妃様が着いちゃう。

いつの間に眠ってしまったのだろう、昨日は洗濯室で確認をして――――。

「えっ……あっ！」

立ち上がり駆け出そうとしたところで、ユイは自分の身体が思うように動かないことに気づいた。

辛うじて上半身は左右に動くけれど、座ったままの身体が太い柱にロープで縛られている。

「な……に……」

ユイは警戒心を持って、辺りを見回した。

一度、案内されて訪れたことがある、ウォーハルスト領内の炭焼き小屋だ。

各森に点在していたため、どの小屋かはわからないけれど、道具が片付けられているところから、使われてないものだろうと推測する。

森から切り出した丸太で作った壁、木目の床。

床と同じ素材で作られた椅子には、昨日会ったばかりの黒いローブを身に着けた男の人が我が物顔で座っていた。ぎしぎし揺らして行儀の悪い座り方をしている。

「ほっほほ、お目覚めですかな、奥様」

「あなたはっ！」

エーリク、だった。

アゼルを領地に追い込んだ張本人。

確か王様に下がれと言われていた気がするけれど……。

橋で見た時はアゼルを貶《おとし》める人だと恐ろしく感じたのに、今はとても小さく見える。

彼が王と信頼関係を取り戻した今、ユイからすれば忘れてしまうほど小者だった。

「……まだいたんですか？」

ユイは正直な感想を口にした。重鎮のための部屋は十室から九室に減らされたはずだ。

領内とわかったら、不思議と怖さはわき起こらなかった。

「失礼な奥様ですなぁ、誘拐されておきながら、その空気を読まない減らず口はアゼルによく似ていますね」

「アゼルの悪口を言わないでください！」

エーリクに向かってユイが叫ぶのと、外から兵士がぞろぞろと入ってきたのは同時だった。

「エーリク様、辺りには誰もいません。気づかれていない様子です」

「村人から食事をくすねてきました。あっさり分けてもらえたんで、ついでに酒もいただいてきましたよ。おっ、奥さんも目を覚ましたんで？　ぶん殴って悪かったなぁ～」

一人、二人――――合計で七人の兵士が入ってきて、外を窺いながら扉を閉める。

うち、剣を持っているのが三人。橋で見た槍使いは見当たらない。

それもアゼルや騎士達とは違う姿勢の悪さや身体のキレのなさが目立つ。

全然、強そうじゃない。

――なんだ、七人か。

正直な感想がそれだった。

――アゼルの力だったら、エーリク含めて八人ぐらいは一気に持ち上げて懲らしめたりできそう。

そんなことを思案していると、エーリクが気味の悪い声で笑った。

「ほほほっ、奥様。やっと黙りましたね。わたしにはこんなに味方がいるのですよ、大人しくして機嫌を取っておいた方がいいのではありませんか？」

「……みたいですね」

エーリクの息がかかった兵士をユイは目で追いながら、彼らが、村人から食事をもらったという言葉を頭の中で反芻《はんすう》した。

兵士用は天幕に兵糧があると村の人は知っている。何かあればアゼルに報告が行くはずだ。

すぐにでもアゼルはここを突き止めてくれるかもしれない。

今この場で全員逃すことなく捕まえたら、エーリクと取り巻きの兵士を、完全に失脚させるチャンスでは……？　と、大胆なことが頭をよぎった。

アゼルの過去を聞いた時に、自分で前にへ言った言葉――――。

『隠居に見せて大きな任務とか、囮で悪役を一網打尽とかですか？』

……今、ついでにできてしまうのではないだろうか？

だってもう、アゼルを縛るものは何もない。

あと少し、誰も外に出て行かないようにして時間を稼げば……。

アゼルはほどなくここを突き止めて、彼らをたっぷりと懲らしめることができる。

しかも、エーリクの部下ごとまとめて。

ユイはエーリクに話しかけることにした。

「何が望みですか？　もう、王様とアゼルは信頼を回復しました。こんなことをしてアゼルを刺激するのは、よくないことです」

本心からの忠告――――も、含めて。

敵わないと改心してくれる方が騒ぎにならなくていい。

「ふんっ、知った口を利くな！　ああなってしまった以上、アゼルには勝てぬわ、今までの奴であればなっ！　だが、今は奥様がいる。大好きな妻を人質にしたら、アゼルはどうするであろうな」

………それは。

「めちゃくちゃ怒りますよ？　怖いですよ」

エーリクが黒馬で引きずり回されていることすら容易に想像できる。

「対等になった時の話ではないわっ、お前を弱みにしてあ奴の行動を縛るのだ。たとえば、奥様を無傷で返す代わりに、王妃を歓迎せず、王に一刻も早く帰ってもらうように……であるとか、王も王妃も間違いなく機嫌を損ねるでしょうな」

「それは困ります！　領地をあげておもてなししているのに……！」

酷なことを要求する……！

ずるい小者が考えそうなことだったけれど、今一番されたくないことであった。

――これ以上アゼルの足を引っ張るなんて！

エーリクに対する怒りがふつふつ込み上げてくる。

けれど、今の発言でまだ王妃が着いていない時間だとわかったことが救いだった。

正午にはなっていない……。

早くここから逃げ出して、王妃をお迎えに上がらなければ。

――アゼルが見つけてくれるまでの、時間稼ぎ……。

ユイはアゼルを待ちながら、暇を持て余して散歩に出ようとしている兵の一人に話しかけた。

武器を持っている一人であったけれど、剣は手入れがよくないのか曇っている。

弱みにされるだけで、傷つけられそうにないとわかったら、さらに余裕が出てきていた。

「えーと、あなた。この木の壁を素手で壊せますか？」

アゼルと戦えるレベルか尋ねてしまえるほどに。

「おれ？　へっ……無理に決まってるって、あっ、おれの顔覚えたりするなよっ！　この仕事が終わったら兵士をやめるんだからな」

エーリクに対する忠誠心はなさそうだ。

おまけに、アゼルよりも全然弱い。村の祭りで生き生きしていた超人的なアゼルと比べると、この男の人は指で弾かれて終わりそう……。

そんなことを考えていると、待ちわびた声が辺りに轟《とどろ》く。

「ユイっ！　いるのか――――っ！　中にいるならよけてろ」

「はーいっ……！」

アゼルの声がして、ユイが上半身だけぴょこっと避けると、丸太の壁がドガンと藁《わら》の壁みたいに簡単に吹っ飛んだ。

ガラガラと崩れる丸太の隙間から空が見え、アゼルがのっそりと姿を現す。

「待て……アゼル、奥方がどうなってもいいの――――ぐわっ!?」

エーリクがナイフを手にしてユイに掴み掛ろうとしたが、アゼルの動きの方が早かった。

黒いローブの腹部にアゼルが素早い蹴りを入れると、エーリクが簡単に吹き飛ぶ。

「すまないユイ……遅くなった」

「いいえ、信じていました」

アゼルはまだ剣を抜いておらず、指の力だけでユイのロープをちぎった。

そして自由になったユイの逃げ道を確保しつつ、男達へ剣を抜く。

彼の背中は熱をもっていた。

「なんだ、七人か」

ユイと感想は同じらしい。

「舐めやがって～！」

「剣の使い方、忘れてんじゃねぇのか」

落胆か挑発か、アゼルの言葉に兵士達が武器を手にする。持たぬ者も、椅子や棒を手にした。

「ユイ、ここは俺が片付ける。王妃の馬車が物見から確認できたから、急いで出迎えてくれ。小事を悟られるな。俺もすぐに追いつく」

「はいっ！　行きます」

ユイは弾かれたように走り出していた。

「頼む！」

背中にアゼルの声を感じて、大地を踏みしめる。

アゼルの勝利は信じているから、ユイは何事もなかったように、王と王妃の最高の保養を守らなくてはならない。王妃の気分を害さず迎えたい。

それには、二人だけでなく、ウォーハルスト領の評判もかかっている。

何かトラブルがあって変な場所でしたでは、エーリクの思うツボだから……。

走る。

ただ、懸命に駆ける。

森を抜けると、勝手知ったる道に出た。橋は近い。

太陽を真上に感じた、もう正午だ。

ユイが橋を渡りだすと、前方に白い馬四頭立ての、銀の馬車が見えた。

慌てて手櫛《てぐし》で髪を整えて、見よう見まねでドレスの裾を広げて頭を下げる。

ああ、裾に泥が……見ないことにしよう。

馬車の車輪が止まり、キイッと扉が開いた。

ユイは最高の笑顔を作って、お腹から声を出す。

「お迎えに上がりました」

「黒い髪――――奥様かしら？　あなたが走って迎えにきてくれたの、顔を見せなさい」

促されるままにユイは中を見た。

さらりと馬車の座席に広がっていたのは緋色のボックスプリーツ。

乗っていた女性が、菫《すみれ》の扇を手にした。紅を塗った赤い唇が開かれる。

「出迎え、ごくろうさま」

動揺のないおっとりとした口調なのに威圧感を覚えた。

波打つ金色の髪に、紫色の瞳がユイを真っすぐに見ている――――。

優しい顔だった。

すぐに馬の嘶きが聞こえ、ユイに追いついたアゼルがイノシシを手に馬から飛び降りてくる。

エーリクと七人を捕まえただけでなく、ついでに獲物までとってきたようだ。

「お久しゅうございます、王妃様。ようこそウォーハルスト領へ。夕食のための狩りをしておりました」

「あら、アゼル。いい顔をするようになったわね。滞在中はよろしく頼みますよ」

王妃が満足そうに扇を閉じた。


王と王妃の最高の保養は、ユイとアゼルの機転により守られた。

二人は五日滞在し、ウォーハルスト領の自然もたっぷり楽しみ、領民へも惜しみなく言葉をかけてくれ、領地が賑やかになった。

悪事を企んだエーリクと七人の兵士は、誘拐事件の翌日に駆けつけた騎士隊により引っ立てられ、王都で長い取り調べが始まる。

そして、滞在の最終日――――アゼルはエーリク取り調べを、騎士隊長復帰の初仕事とすることが決まった。

これは前夜にアゼルからユイに相談があり、大賛成したものだった。

もちろんそれは、今後の任務の一端であり、彼の決意は王への手紙を清書するまでもなく、口頭で顔を見て伝えることとなる。

王に向かってアゼルは、外套広げて膝を折り、頭《こうべ》を垂れてよく通る声で申し出たのだ。

光景が――――目を閉じてもまだ瞼に焼きついている……。

『これまでのお心遣いありがたく思います。我が儘《まま》を申しますが、騎士隊に復帰することをお許しください。一兵卒からでもかまいません』

アゼルはとても生き生きとして見えた。

『願ってもない申し出である。隊長の座が空席であろうよ、そなたがいてくれると心強い。よろしく頼む、王都で待っているぞ』

ジノヴィオスは顔をくしゃくしゃにして喜んでいた。

そして細められた目をきらりと輝かせて、アゼルに問う。

『頑《かたく》なであった心境の変化はなぜだかのう？　エーリク以外にも色々とうるさい者がいるからあ奴が捕らえられただけでは、そなたの心は動かぬだろうに』

『はっ、己と妻と領地のため、すべてにございます』

自分のためであり、ユイのためであり、領民のため……。

それからアゼルは、その場にいる誰にでも……ユイにでもわかるように言葉を尽くして語りだした。

騎士隊長を退いてからも心の中にあった騎士の誇り、王への忠誠――――。

妻の存在により気づかされた、人と人のつながり。

愛しく思うこと。

大切に培うこと。

信念……守りたいものが増えたこと。

妻、領民――。

改めて、その者を騎士隊長として守りたい。

ユイという食い扶持《ぶち》が増えたことについては、王妃から笑いが零れた。

そして……。

アゼルはゴホンと咳払いして最後の理由を述べた。

『あと一つは、王のせいにございます。我が妻に、宮殿のシャンデリアが巨大であることを話したからです』

『見たい、触りたいと言われたので許可をしたが、それが何か……？』

やれやれとアゼルが目を閉じて。

『ユイが掃除するといって興味津々なのです、王都に戻らねば叶わぬでしょう！』

……。

アゼルのこの発言は、広間を爆笑の渦に包んだ。

ユイは顔から火が出そうになりながら耐えるしかなく……。

アゼル本人は周囲の反応に首を傾げていた。

そして……王と王妃の滞在から一カ月が過ぎ――。

王都へ引っ越しの前夜。

領地へは週末と長い休みに帰ることを約束し、好意的な領民に留守の仕事の割り振りを引き継ぎ終えた。

カルナは侍女として王都に借りた屋敷に住み込むことになり、執事のレドリーも、料理長のマドックも付いてきてくれる手筈になっている。

――王都はとても楽しみだけど……その前に……。

皆が寝静まってから、ユイは眠れずに起きだしてきていた。

愛着がたっぷりついてしまった、このエントランスの階段を磨くために。

「私がいない間は、村の人がちゃんと掃除してくれるからね……週末には戻ってくるし」

シャンデリアの埃を見上げて確認する。今のところ大丈夫！

きゅっきゅっとクロスを手すりに強く滑らせると、光沢が増した。

アゼルとの思い出が詰まったエントランス。

出会ってすぐに、掃除をしたことは記憶にまだ新しい。

あの時が、始まりだった。

アゼルが旦那様になり、この世界に残るだけでなく、王都に移り住むだなんて、夢にも思わなかったけれど。

「やはりここにいたか」

「……アゼル！　な、なにもしていませんよ」

クロスをさっと後ろに隠す。

「もう掃除をするなとは言わない。安心しろ」

「……お見通しなんですね」

ばつの悪さを感じながらクロスを取り出す。

「お前のことだけなら、わかる」

ユイのいるエントランスの階段まで来ると、アゼルがそこへ腰掛ける。

「私もアゼルのことならわかりますよ。たぶん……」

隣に座ると、彼に身体を預ける。

「本当かどうか、試してみようか」

「……あっ、だ、だめです！　せめてお部屋まで」

熱の籠もった瞳で見つめられ、アゼルの気持ち――今したいことはわかりすぎるぐらいにわかってしまった。

「よくわかっているな。待てないと」

「ずるい……あっ、ん――――っ！」

がばっとアゼルの影に覆われて、キスされる。

「本当にダメですからね、こんなところで。城の人達に気づかれてしまいます」

「問題ない。今日城にいるのは俺とお前だけだ。皆、家に戻った」

そういえば、やけに足音がしないと思っていたけれど。

きっとアゼルが人払いしたのだろう。

「最後の夜は二人だけでいたかった。それでも駄目か？」

「やっぱり……ずるい……です……」

そんな風に言われて断れるわけがなかった。

仕方なく、頷く。恨めしい視線を送ったのはせめてもの抵抗。

「なんだか、アゼルはだんだんとエッチになってませんか？」

正真正銘、アゼルに階段へ押し倒され、ドレスをはだけさせられながら、ユイは呟く。

背中に段差が当たるのが変な心地だった
「そうだとしたら、お前のせいだ。お前が愛しすぎるのが悪い」

「ずる――――ん、んんっ……」

三度目のずるいを口にしようとしたけれど、それは阻止されてしまった。

熱い口づけ、舌がすぐに絡み合う。

それだけで、頭の中はぼーっとしてきて、とろんとしてしまう。

「俺は変わった。お前のおかげで。それは真実だ」

少しだけ唇を離して、アゼルが言った。

——本当にこの短い間に色々なことが変わった。

アゼルだけではなく、ユイも変わった。

元の世界では夢を追いかけるフリをして、仕事の忙しさで自分を誤魔化《ごまか》していた。

何かに踏み出すことを恐れ、未来を見ないように歩いていた。

けれど、今は違う。アゼルと一緒ならどんなことも立ち向かえる。

スローライフとは違うかもしれないけれど、二人の未来に面と向かって歩ける。たとえ、どんな困難が立ちふさがっていても。

そして、ずっと二人で笑っている自信があった。

「私も……アゼルのおかげで、色々変わりました」

今度はユイから唇を離す。

「どんな風にだ？」

「あなたを大好きな自分に……」

唇をアゼルのもとに戻す。

気持ちが流れ込んでくるようで、愛おしさが止まらなくなった。

「あっ……んっ……アゼル……」

彼の逞しい腕と手が、ユイを完全に階段の上に押し倒した。

やや乱暴にドレスをはだけていく。

それだけ自分を欲しているのだと思うと、許せてしまう。

「……んっ、あっ」

ドレスの胸元を広げ、取り出した乳房にアゼルの手が伸びた。いきなり強く鷲づかみにされ、刺激される。

淫らに指が動いて、ユイを襲った。

すっかりアゼルのものになってしまった乳房が淫らに揺れ、歪《いびつ》に形を変えさせられる。

力が抜け、じわりと淫らな気持ちが顔を出してきた。

「ドレスに……皺がついてしまいま――――んっ！」

照れ隠しもあって文句を言おうとしたのだけれど、アゼルの唇にそれは阻まれた。

熱く興奮した口づけで塞がれる。

すぐに舌が入ってきて、おずおずとユイはそれに応えた。

唇の間で舌と舌が絡み合い、抱き合うように触れ合う。

それだけでユイはもう蕩けるような気持ちになってしまった。

すっかり、アゼルの愛撫に参ってしまう。

「ん、ん、んっ……んぅ……」

口づけしながら、アゼルの指は止まらなかった。

硬くなり始めた胸の先端を摑まえると、ぎゅっと締め付けてくる。切なさと強い刺激がユイの小さな身体を揺らした。

「アゼル……激しい……どうした……の？」

やっと唇を解放され、荒く息を吐く。

覆い被さるアゼルを見上げて尋ねた。

「今日は猛烈にお前が欲しい……いや、いつも欲しいのが……今日は特に」

真面目な答えに笑みをこぼす。

――記念する日、記念すべき場所……だからかな。

とにかくアゼルに火がついてしまっていた。それはユイにも燃え移っている。

愛し合いたいという強い気持ちの灯火《ともしび》が。

「だから、今日はすぐに繋がりたい」

ユイはアゼルのストレートな言葉に恥ずかしさを覚えながらも、頷いた。

気持ちが溢れそうなのは、彼だけではない。

アゼルの言葉に、その火のついた瞳に、いつもより荒々しく乱してくる指に、ユイの身体も反応してしまっている。

だから、頷いた。

「ありがとう」

短くアゼルが言うと、さらにユイの衣服を乱していく。

素早くドレスの裾を捲り上げ、下着をはぎ取った。

すでに秘部はアゼルを迎えようと準備していて、熱くなっている。

蜜が溢れだしていた。

彼は自らの下肢もはだけると、ユイの片足を摑もうとする。

「えっ……あっ……」

階段の上ということもあって、身体のバランスを崩しそうになる。

ユイは思わず近くの手すりを摑んだ。

「あ、あ……あっ！」

すぐにアゼルの肉杭がユイの秘部に触れて、押しつけられる。

それはとても熱く、硬くなっていた。

蜜によって互いが密着すると、中へと入ってくる。

ユイはぎゅっと手すりを摑んだ手に力を入れた。

「あ、あぁぁ……ああ――――っ！」

大きな肉杭が狭い膣内に収まっていく。

いつもより愛撫が少ない分、激しく膣壁を擦りながら肉棒が入ってくる。挿入される感触をとても強く覚えて、ユイを乱した。

「ん、は、あぁ……ああっ、あっ……」

止まることなく、ゆっくりと肉杭はユイを貫き、奥に収まる。

互いのものがユイの中でじんじんと脈打っていた。

——私の中に……アゼルがいる。
動きを止めた肉棒がはっきりとわかる。
アゼルの体温を、アゼルの鼓動を、自分の一部として感じた。
それは自分を自分だと教えてくれるもので、愛おしくて、愛おしくて仕方がない。
だから、ユイも無意識に精一杯アゼルのものを抱き締めてしまう。
「あ、あっ……ああっ！」
刺激してしまったからか、どくどくと脈打っていたアゼルの肉杭が動きだす。
彼は力強くユイを淫らにしていった。
腰を振り、突き下ろすように抽送し、中へと印をつけていく。
それは生きている証明でもあって、愛している証《あか》しでもあって……嬉しいこと。
——今日は……何だか……いつもより……。
気持ちが盛り上がっているからか、身体は初めからいつも以上に敏感になっていた。
ユイだけでなく、アゼルも。
肉棒は限界まで大きくなっていたし、ユイの膣は蜜で満たされている。
「……あああっ！」
肉棒が膣奥に到達し、突かれるだけで、軽く達してしまう。
自分の淫らな部分が疼いて仕方なかった。
もうそれを隠す必要もない。

アゼルと気持ちは通じ、彼は淫らなユイを求めているのだから。

「今日のユイには……自制がきかない」

我慢できなくなったようにアゼルが腰の動きを乱し始めた。

「……あ、あ、ああっ！」

きつく密着していた膣襞と肉棒が擦れ合って、強烈な快感と刺激を生んでいく。

片足を上げられているので、肉杭がより深く突き刺さる。

膣奥にぐりぐりと肉棒が押し当てられ、身悶える。

突かれ、貫かれてしまいそうな力強さ。

それもアゼルの激しい部分だと思った。

普段の彼はとても忍耐強く、冷静だけれど、ユイにだけ見せてくれる獣となった激しい姿。

それも愛おしい。

「あ、んっ……あっ！　ああっ！　あっ！」

抽送が激しくなり、誰もいない城のエントランスに淫らな声と音とが響いていく。

夜の冷たかった空気が、二人の周りだけ濃厚で熱いものとなっていた。

——あぁぁ、アゼル……大好きです。アゼルに出会えてよかった。

愛されることを知ってよかった。

こんな自分、想像もつかなかったから。

アゼルのような大好きな人が自分にはできると思わなかったから。

本当にこの世界に残ってよかった。
アゼルが選んでくれてよかった。
「あ、あぁぁ……アゼル……あ、んんんっ！　ん――――」
絶頂が押し寄せてくる。
猛烈な快感と刺激が込み上げてきて、一気にユイを呑み込んだ。
びくびくと震える中、愛しいものの生を感じ、微笑む。
アゼルの腕が、強く強くユイを抱き締める。
そこがユイの夢の居場所だと思った。

【エピローグ】愛され若奥様の贅沢な休日

騎士隊長とその妻として――――二人は王都で屋敷を借りて住んではいたけれど、週末と長い休みにはウォーハルストへ帰ってくる。

アゼルが騎士隊長の任に戻り、ますます平和になったグルナール王国。

その辺境にある大地は、穏やかな緑に包まれていた。

「アゼル、風に乗って林檎の匂いがしますよ。豊作じゃないですか？」

「お前がそう言うなら、間違いないな」

馬車が橋を通過して領地に入り少し進んだところで、ユイは待ちきれずに大地へ降り立った。

アゼルも御者へ先に行けと命じて、ユイの隣に立つ。

彼が眩《まぶ》しげに目を細めたのを感じて、二人で誇らしげに一週間ぶりの領地に浸る。

季節は移り、食べ物が美味しく実る秋になっていた。

丘の上で草を食《は》む羊を眺めながら、羊飼いへ手を振ると、牧羊犬のクーノーが息を切らして駆けてくる。

「クーノー！　元気そうね」

尾を振るクーノーを抱き上げたまま歩くと、すぐに畑が見えてくる。

領民に人気になりすぎて、アゼルが開墾をして追加した畑は、前の五倍ほどもあるのに、すべてが作物で埋まり花や実を揺らしていた――。

「さっそく、私も畑に……」

「おい、荷物を置くのが先だ。着替えも……ああ、お前はすでに準備万端か」

アゼルの視線がユイの姿を見て、悪戯を見つけたように輝く。

ユイが身を包む水色に白いレースの細身のドレスは、パフスリーブの半袖で動きやすい。その上にドレスと一体型にも見えるクリーム色の飾りエプロンをつけると、領地で愛用している姿となる。

小さな畑をいじる時に便利な恰好であり、アゼルの好みと、一応は騎士隊長妻としての恥ずかしくない威厳を兼ね備えたらこうなってしまった。

ユイは待ちきれずに横着をして、王都を出る時からこの姿だ。

馬車に乗ってしまえば、ドレスの丈はわからない。

「俺も今すぐ付き合うか……開墾した隣に、新しい井戸が欲しいという要望があったな。時間がない、早くやってしまおう」

アゼルが上着を脱いで腕にかける。

シャツ姿になり、その腕まである袖を窮屈そうに捲り上げていく。

「そうですよ、今回は収穫するものも多くあるし。カルナと林檎狩りをする約束に、南瓜《カボチャ》の品評会に、料理大会の審査に、大忙しですよ」

スケジュールを確認するようにユイは指を折る。

大地の恵みのスローライフは、楽しくユイを追い立ててくれている。

忘れていることがないかの確認を、二人で領地を歩きながらしていく。

あれもこれもと、誰もがやりたいことが多くてたまらない。

ふらりと道に出てきた鴨の親子をつい追いかけてしまい、ちょっと迷惑そうに彼らが道を開けていった。

道の先に……馬車が城への丘を上がりきって、見えなくなるのを見送る――――。

王都で職人に依頼したハチの巣箱も馬車に積んで、着いたらさっそく、養蜂希望の領民に届けてもらうことになっているし、その花畑は先々週に広くしたし……。

ああ、早く金色の蜂蜜が食べたい。いずれ、花の種類によってわけたりして名産地にしたい。

さらさらと水が流れている川を見る――――。

漁師に頼まれた川用の網は発注済みで、ついでにユイとアゼルの釣り竿《ざお》も頼んだし。

羊を通り越して山を見る――――と、アゼルが口を開いた。

「そういえば、貴族向け山菜ツアーのルートは、傾斜の急な場所に木の道を作って、イノシシと熊を別の森へ連れて行くだけでよかったか？」

「あっ、小屋を一つ使えるようにしておいて欲しいです。採ったものをその場で天ぷらにして食べたいので」

なるほど……と、アゼルが頷き、完成したら二人きりで一番に下見に行くことを約束する。

領主夫妻の特権という名の一番乗りは、新しい発見が沢山で、嬉しくて、たまらない。

――――私は、ここで……。

「すぅ……っ」

ユイはウォーハルスト領の空気を胸いっぱいに吸い込んだ。

やっぱり林檎の匂いがする。

「ああ、林檎の香りだな……」

ユイと同じことを感じたのか、アゼルも息を吸い込んで囁く。

「――――!」

クーノーも鴨もアゼルもびっくりしてしまうから、ユイは楽しくて叫びそうになる気持ちを抑えて、ふうっと息を吐いた。

代わりに、強く強く、心で叫ぶ。

――――私はここで、騎士様の妻として、スローライフで生きていく。

end

あとがき

こんにちは、柚原《ゆずはら》テイルです。

『異世界シンデレラ　騎士様と新婚スローライフはじめます』をお手に取っていただきまして、ありがとうございます！

領地のお城で自然に囲まれた暮らし&デコボコで真面目な、ほんわかカップルでお届けした今作、楽しんでくださっていたら嬉しいです。

スローライフで野菜を作って自給自足の生活は、前にかなり憧れていたのですが、ベランダのプランターを枯らしてしまい、キッチンハーブですらぐったりしてしまい、リアルでは諦めていました。

その夢と萌《も》えを詰め込んで書いていると、もう……すごく楽しい！

作品の中での登場はちょっぴりですが、山菜採りもしてみたいです。

私はコシアブラという山菜の天ぷらが大好物で、売り出す季節になると、上機嫌で探しに行きます。

苦い葉っぱなのですが、もう何年もの間ハマりすぎで大変です。

いつも食べ過ぎて胸やけしつつ、一年分！　と、言い張ったり。

話がそれてしまいました、戻しまして――。

素敵なイラストを描いてくださいましたアオイ冬子《ふゆこ》様、この場をお借りして、心よりお礼申し上げます。

単行本という大きなサイズで、贅沢に美しいイラストを堪能できて幸せです。

衣装の隅々までの優しい雰囲気、二人がまとう空気、大好きです。やわらかな色合いにうっとりとして手に取ってくださった読者様も多いかと思います！　ありがとうございます。

また、いつもテンションを上げてくださり、ビビッと的を射たアドバイスをくださる担当編集様へもお礼申し上げます。

最近では、以心伝心すら感じます。これからも、どうかよろしくお願いします。

本屋さん、出版社さん、流通さん、営業さん、校閲さん、デザイナーさん、この作品にかかわってくださったすべての皆様、ありがとうございます。

また、電子書籍にかかわってくださる方へも、お礼申し上げます。

おかげさまで、無事に読者様のもとへと届きました。

最後に読者様へ、ありったけのお礼を！

多くの本の中から見つけてくださって、ありがとうございます。

また、お会いできますように。

柚原テイル

転生して豪商娘だったのに後宮入りですか!?
Jewel
ジュエルブックス
柚原テイル
Illustrator
SHABON
私が陛下の初恋?
皇帝なのにずっと片思いだったって!?
ハードすぎる営業職でぽっくり過労死しちゃった私。
生まれ変わったら中華っぽい世界の豪商の娘!?
食っちゃ寝のまったりライフを送っていたのに、突然、皇帝陛下の命令で強制後宮入り?
ずっと私が好きだったって……どういうことですか!?
転生×溺愛×中華後宮♥ファンタジー!
大好評発売中

ファンレターの宛先
〒102-8584 東京都千代田区富士見1-8-19
株式会社 KADOKAWA アスキー・メディアワークス ジュエルブックス編集部
「柚原テイル先生」「アオイ冬子先生」係

http://jewelbooks.jp/

異世界《いせかい》シンデレラ 騎士様《きしさま》と新婚《しんこん》スローライフはじめます

2017年3月22日　初版発行

著者　柚原テイル

挿絵　アオイ冬子

発行者 ―――― 塚田正晃
発行 ――――― 株式会社 KADOKAWA
〒102-8177 東京都千代田区富士見2-13-3
プロデュース ―― アスキー・メディアワークス
〒102-8584 東京都千代田区富士見1-8-19
03-5216-8377(編集)
03-3238-1854(営業)
装丁者 ―――― 沢田雅子
印刷・製本 ――― 株式会社暁印刷

小社ホームページ http://www.kadokawa.co.jp/
Printed in Japan
ISBN 978-4-04-892877-9 C0076